Barbara Cartland
Liebende auf der Flucht

Barbara Cartland

Liebende auf der Flucht

MOEWIG

Titel der Originalausgabe: An Adventure of Love
Aus dem Englischen von Eva Wagner

www.MOEWIG.de
Umschlagfoto: VPM, Rastatt
Printed in Germany
ISBN 3-8118-5571-9 (8er-VE)

Zum Buch

Königin Victoria verfolgt ehrgeizige politische Pläne mit der schönen und klugen Zorina: Sie soll den alten König von Leothia heiraten. Aus Angst, die Königin zu verärgern, willigt Zorina schweren Herzens ein. Dabei hat sie sich längst in einen jungen Fremden verliebt, von dem sie nur den Vornamen weiß. Bei einem Empfang der Königin sieht sie den Mann ihrer Träume wieder und muß entsetzt feststellen, daß er der Sohn ihres zukünftigen Ehemannes ist, der sie nach Leothia begleiten soll. Die Reise wird für die unglückliche Zorina zu einer einzigen Qual. In Leothia erwartet sie eine weitere böse Überraschung: Sie lernt den König kenn ...

Zur Autorin

Barbara Cartland, die Stiefgroßmutter von Lady Di, war die erfolgreichste Autorin aller Zeiten. In 77 Jahren schrieb sie – neben Dramen, Biographien und Diätkochbüchern – 723 Liebesromane mit einer weltweiten Gesamtauflage von schätzungsweise einer Milliarde Exemplare! Das sicherte ihr sogar einen Eintrag in das Guinness-Buch der Rekorde. Sie starb im Mai 2000 im Alter von 98 Jahren.

1

1887

Zorina summte vor sich hin, während sie durch die große Halle des Hampton Court Palastes wanderte. Sie träumte wie so oft von der Zeit, als Kardinal Wolsey diesen Palast erbaut hatte. Da er ihn zu seinem Lieblingsaufenthaltsort erwählt hatte, mußte er von dem märchenhaften Bauwerk genauso begeistert gewesen sein wie sie selbst.

Der Kardinal hatte noch ein Stadthaus in London besessen, das später zu einem Teil des Schlosses von Whitehall geworden war. Aber um seine Gesundheit hatte es nicht zum besten gestanden. Er hatte unter Wassersucht und Koliken gelitten, und so konnte er sich in keinem Haus wohlfühlen, wo ihn Nebel und feuchtkalte Luft, die vom Fluß heraufdrangen, quälten.

Als Architekt für Hampton Court hatte er den berühmten Baumeister Harry Redman gewonnen. Der Palast wurde mit den herrlichsten Gemälden, Skulpturen, Seidentapeten und Gobelins ausgestattet. Kein König hätte sich mit größerer Pracht umgeben können.

Für Zorina bedeutete jeder Raum, jeder Winkel eine Offenbarung. Sie war Königin Victoria sehr dankbar, daß sie der Öffentlichkeit seit 1838 Zutritt gewährte. Andernfalls wäre es ihr nicht möglich gewesen, sich hier ungehindert zu bewegen. Die Räume, die nicht benutzt wurden, wären für alle, Angehörige der königlichen Familie und Mitglieder des Hofes ausgenommen, verschlossen gewesen.

Während Königin Victorias Regierungszeit waren außerdem an die tausend Räume in fünfundvierzig Wohnungen umgewandelt worden, die Witwen und Waisen ausgezeichneter Diener der Krone zur Verfügung standen. In einer dieser sogenannten Günstlingswohnungen lebte Zorina mit ihrer Mutter. Von dort aus konnte sie mühelos den Süd-West-Flügel des Gebäudes erreichen. Jeden Tag machte sie sich für kurze Zeit frei, um sich in den Staatsgemächern umzuschauen.

Die große Halle, die von den Triumphen und Tragödien der englischen Geschichte erzählte, faszinierte Zorina besonders. Ihr Lieblingskönig war der unglückliche Charles II. Er hatte Hampton geliebt, dem Palast lange und ausgedehnte Besuche abgestattet und wunderbare Gemälde erworben, die die königliche Sammlung vervollständigten.

Der König hatte seine Freude an kindlichen Spielen wie Blinde Kuh oder dem Bauen von Kartenhäusern gehabt, besonders wenn die unwiderstehlich schöne Frances Stewart seine Partnerin war. Dem Vernehmen nach hatte er sie leidenschaftlich geliebt. Es brach ihm fast das Herz, als sie ihn zurückwies und dafür später den Herzog von Richmond heiratete.

Zorina wanderte verträumt weiter, ohne ein bestimmtes Ziel. Als sie die Cartoon Gallery betrat, war sie so tief in Gedanken versunken, daß sie mit einem Mann zusammenstieß, der gleich hinter der Tür stand. Er betrachtete nicht die herrlichen Wandteppiche, sondern schaute aus dem Fenster.

Zu dieser frühen Stunde, ehe der Palast für Besucher geöffnet wurde, traf man gewöhnlich niemanden hier an. Zorina gab einen kleinen Schreckenslaut von sich.

»Ich bitte um Verzeihung«, sagte der Mann. »Mir war nicht bewußt, daß außer mir noch jemand anwesend war.«

»So früh . . . sollte niemand hier . . . sein«, brachte Zorina hervor.

Der junge Mann sah nicht nur sehr gut aus, er war auch hervorragend gekleidet. Zorina vermutete einen gewöhnlichen Besucher in ihm. Wahrscheinlich war er bei Leuten zu Gast, die in einer ihrer Nachbarwohnungen lebten.

»Es tut mir leid«, sagte sie schnell. »Es war ganz allein meine Schuld. Ich habe geträumt und nicht gemerkt, wohin ich gehe.«

»Als ich Sie sah, dachte ich im ersten Augenblick, Sie wären ein Geist«, erwiderte er mit leichtem Akzent, der verriet, daß er kein Engländer war.

Zorina lachte.

»Die Leute halten immer nach einem Geist Ausschau. Erst gestern . . .«

Sie verstummte, als ihr plötzlich klar wurde, wie unpassend es war, sich mit einem Herrn zu unterhalten, der ihr nicht vorgestellt worden war. Ihre Mutter wäre sehr ärgerlich gewesen, hätte sie von ihrem Benehmen erfahren.

»Ich muß gehen«, murmelte sie, so schwer es ihr auch fiel, den Blick von seinem Gesicht abzuwenden.

»Sie können doch nicht so unfreundlich sein, mich zu verlassen, bevor ich das Ende der Geschichte gehört habe«, beklagte er sich. »Jetzt bleibt meine Neugier unbefriedigt, bis wir uns wieder treffen.«

»Das ist recht unwahrscheinlich, doch was ich sagen wollte, war folgendes: Viele Leute behaupten, den Geist Catherine Howards, der fünften Frau Heinrichs VIII., gesehen zu haben.«

Der Fremde hob die Augenbrauen, unterbrach Zorina aber nicht.

»Es heißt, daß Königin Catherine aus ihrer Zelle im Schloß fliehen konnte, in dem sie auf ihre Hinrichtung wartete.«

Zorina holte tief Luft, ehe sie weiterredete.

»Die Königin lief die lange Galerie entlang, in der Absicht, den König, der in der Kapelle der Messe beiwohnte, um Gnade anzuflehen.«

»Ist sie zu ihm vorgedrungen?«

»Nein, die Wachen haben sie eingeholt, ergriffen und in ihre Zelle zurückgebracht. Als die arme Frau weggeschleppt wurde, stieß sie einen gellenden Schrei aus, der in vielen Räumen und bestimmt auch in der Kapelle zu hören war. Doch der König betete weiter, ohne dem Beachtung zu schenken.«

Ein kleines Schweigen entstand.

»Und es gibt Leute, die Königin Catherine gesehen haben wollen?« fragte der Mann schließlich.

»Das wollte ich gerade erklären. Jessie, das ist die Frau, die unsere Wohnung putzt, hat mir davon erzählt. Eine Freundin von ihr, die in den der Öffentlichkeit zugänglichen Räumen arbeitet, hat angeblich vor zwei Nächten, als es schon dunkel war, Königin Catherine gesehen und ihren Schrei gehört.«

Zorina erschauerte und fügte hinzu: »Ich hoffe, daß ich das niemals erlebe.«

»Das werden Sie nicht. Sie dürfen nur sehen und hören, was so schön ist, wie Sie es sind.«

Zorina schaute ihn verwundert an. So hatte noch niemand mit ihr gesprochen.

Anstatt seine Worte anmaßend und beleidigend zu finden, wie sie es eigentlich hätte tun müssen, wandte sie scheu das Gesicht ab. Sie gab vor, die Gobelins an der Wand gegenüber zu bewundern, als er unvermittelt fragte:

»Wie heißen Sie?«

»Zorina«, antwortete sie, ohne einen Gedanken daran zu verschwenden, daß sie sich nach den Regeln ihrer Mutter höchst tadelnswert benahm.

»Ich bin Rudolf«, sagte er. »Und da wir einander jetzt vorgestellt sind, möchte ich gern, daß Sie mir mehr über dieses verzauberte Schloß erzählen.«

Zorina lächelte, wobei sich neben ihren Mundwinkeln zwei kleine Grübchen bildeten.

»Erscheint es Ihnen auch verzaubert? Ich habe immer das Gefühl, daß das Schloß zu schön ist, um wahr zu sein. Wenn es eines Nachts plötzlich verschwände, wäre ich nicht im mindesten überrascht.«

Er lachte.

»Wichtig ist nur, daß Sie nicht gleichzeitig verschwinden und sich in einen der Geister verwandeln, die den Ort nicht verlassen, wo sie einmal glücklich waren.«

Seine ganze Art war so gewinnend, daß Zorina alle Vorsicht in den Wind schlug.

Zuerst führte sie ihn in die Galerie der Königin, die auf der Ostseite des Palastes lag. Sie wies darauf hin, daß dies einer der schönsten Räume sei, die sie je gesehen hatte, und bestimmt würde er auch ihm gefallen.

Als sie anschließend zögerte, fragte er, als ob er ihre Gedanken lesen könnte: »Warum überlegen Sie, wohin Sie mich als nächstes bringen sollen?«

»Ich möchte gern, daß Sie das Schlafzimmer des Königs sehen, aber vielleicht wäre es besser, wenn Sie allein hineingingen.«

Zorina stolperte fast über ihre Worte.

»Ich wäre sehr enttäuscht, wenn Sie es mir nicht zeigen

würden«, versicherte er schnell. »Und da der König nicht anwesend ist, muß uns das auch nicht peinlich sein.«

Zorina lachte.

»Auch als Ausländer sollten Sie wissen, daß wir im Augenblick keinen König haben.«

»Falls es einen gäbe, wären Sie dann sehr beeindruckt?« fragte er mit einem Augenzwinkern.

»Ich denke, er müßte den Vergleich mit meinen Lieblingskönigen aushalten, Charles II. und George IV.«

»Zwei Wüstlinge?« rief der Mann belustigt. »Das ist in der Tat eine seltsame Wahl für ein junges, unschuldiges Mädchen.«

Da sie glaubte, er wolle sie verspotten, erwiderte sie kühl: »Charles II. hat den Palast mit neuer Schönheit erfüllt, indem er die strenge Einfachheit Cromwells hinwegfegte.«

Mit einem herausfordernden Blick fuhr sie fort: »George IV. mag Ihrer Meinung nach ein Wüstling gewesen sein, doch wir verdanken ihm viele wunderbare Gemälde. Außerdem hat er den Buckingham Palast wieder aufgebaut, der sehr eindrucksvoll sein soll, wie ich gehört habe.«

»Waren Sie noch nicht dort?« erkundigte sich der Fremde.

»Noch nicht, aber ich bin auch in diesem Palast sehr glücklich, an den ich gern als meinen eigenen denke.«

Während sie sich unterhielten, hatten sie das Schlafzimmer des Königs erreicht.

»Schauen Sie sich die Decke an«, sagte sie mit leuchtenden Augen.

Rudolf begriff sofort, warum das hübsche Mädchen, das mit zurückgebeugtem Kopf neben ihm stand, das exquisite allegorische Gemälde von Antonio Verrio bewunderte. Sie mußte eine enge Beziehung zu den Göttinnen haben, die in einem

Halbmond saßen oder mit einem Gefolge von Cupidos über den Himmel flogen. Er wußte, als ob sie es ihm verraten hätte, daß diese Gestalten ihre Träume bevölkerten. Sie waren ein Teil der Märchen, die sie sich selbst erzählte, während sie durch den Palast wanderte.

»Ist es nicht bezaubernd?« fragte sie.

»Bezaubernd«, pflichtete er ihr bei.

Dabei ruhten seine Augen auf ihrem Profil mit der kleinen Nase, der Linie ihres zurückgebogenen Halses, den Bewegungen ihrer schlanken Finger, mit denen sie versuchte, ihre Gefühle auszudrücken. Sie stieß einen kleinen Seufzer aus.

»Ich muß gehen, ich bin schon spät dran.«

»Spät? Wofür?«

»Für meine Deutschstunden.«

»Sie lernen Deutsch?«

»Manchmal glaube ich eher, daß es Österreichisch ist. Mama besteht darauf, daß ich die meisten europäischen Sprachen vollkommen beherrsche.«

»Das scheint mir ein sehr ehrgeiziger Plan zu sein.«

»Es ist nicht gar so schwer für mich«, erwiderte Zorina lächelnd. »Mein Vater war Grieche.«

»Ich wußte doch, daß an Ihnen etwas Besonderes ist!« rief Rudolf. »Sie gleichen nicht den englischen Mädchen, die ich bisher hier kennengelernt habe.« Das klang, als habe er für sich selbst ein Problem gelöst.

Zorina hätte gern gewußt, von welcher Nationalität er war, doch da er es nicht von sich aus verriet, fürchtete sie, er würde ihre Frage für unverschämt und aufdringlich halten.

»Ich muß gehen«, wiederholte sie.

»Bevor Sie das tun, müssen Sie mir versprechen, daß wir uns morgen wieder in der großen Halle treffen.«

Als sie ihn mit großen, überraschten Augen anschaute, fuhr er hastig fort: »Es gibt so viele Dinge im Schloß, die ich gern wissen möchte und von denen ich fühle, daß nur Sie mir ausführlich darüber berichten können. Bitte, Zorina, sagen Sie nicht nein.«

»Aber das müßte ich.«

»Tun Sie immer, was man von Ihnen erwartet?«

Sie zeigte wieder dieses Lächeln mit den kleinen Grübchen, die ihn so entzückten.

»Ich fürchte, nein.«

»Dann erfüllen Sie mir meine Bitte. Ich werde morgen ganz früh auf Sie warten.«

Als sie immer noch zögerte, setzte er hinzu: »Wenn Sie nicht kommen, bin ich überzeugt davon, daß Sie ein Geist sind und daß ich vielleicht tausend Jahre suchen muß, um Sie wiederzufinden.«

»Jetzt machen Sie sich über mich lustig!« rief sie lachend. »Nun gut, wenn es mir möglich ist, werde ich kommen – falls ich nicht etwas anderes zu tun habe. Das müssen Sie verstehen.«

»Das werde ich nie verstehen. Ich werde nur unglücklich sein und enttäuscht, und vielleicht werde ich mich in einen Geist verwandeln, der durch die Räume streicht und nach Zorina ruft.«

Sie lachte erneut, dann wurde sie ernst.

»Jetzt muß ich aber wirklich rennen. Ich hätte schon vor zwanzig Minuten bei meiner Lehrerin sein müssen.«

Ehe sie sich entfernen konnte, nahm er ihre Hand.

»Au revoir, Zorina! Falls Sie der Geist von Hampton Court sind, sind Sie schöner als jede Königin oder Prinzessin, die je darin gelebt hat.«

Er beugte sich zu ihr herunter und berührte mit den Lippen ihre weiche Haut.

Einen Augenblick lang war sie starr vor Erstaunen. Dann drehte sie sich um und rannte aus dem Zimmer. Gleich darauf hörte er, wie ihre Schritte in der Ferne verklangen.

Während sie durch den Palast hastete, fragte sich Zorina, wie es hatte geschehen können, daß sie sich einem fremden Mann gegenüber so verhielt, mußte sich aber gleichzeitig eingestehen, daß es sehr aufregend gewesen war.

Sie hatte noch nie einen so gutaussehenden Mann wie diesen Rudolf kennengelernt und hätte gern gewußt, wer er war und bei wem er wohnte. Es gab so viele Haushalte im Palast, daß sie unmöglich erraten konnte, bei wem er zu Gast war.

Es dauerte einige Zeit, bis sie das Apartment der Baroness von Dremheim erreichte. Der Ehemann der Baroness war ein entfernter Verwandter des Prinzgemahls gewesen. Aus diesem Grund hatte man sie ebenfalls in einer dieser Günstlingswohnungen einquartiert, die auch Zorina und ihre Mutter bewohnten.

Die Baroness war alt, sehr intelligent und lebte allein. Dem Vorschlag von Zorinas Mutter, sie möge das Deutsch ihrer Tochter verbessern, hatte sie mit Freuden zugestimmt.

Zorina hatte die Grammatik, Verben und alles, was sie den langweiligen Teil einer Sprache nannte, von einer Gouvernante gelernt.

Die Baroness und sie aber führten Gespräche in deutsch, über die vielen Länder der Welt, die die alte Frau bereist hatte, und über Themen, die Zorina brennend interessierten.

Trotzdem hielt sie Deutsch für eine häßliche Sprache, sie zog Französisch bei weitem vor.

»So etwas darfst du auf keinen Fall der Königin gegenüber äußern«, warnte ihre Mutter. »Vergiß nicht, daß der Prinzgemahl aus Sachsen-Coburg stammt.«

»Ich werde es nicht vergessen, Mama, doch wir sehen die Königin ohnehin nicht oft genug, um uns Sorgen machen zu müssen, ob sie sich nach meinem Deutschunterricht erkundigt.«

Zorina hatte bei dieser Vorstellung gelacht, Prinzessin Louise jedoch meinte es ernst.

»Liebes, ich hoffe nur, daß Ihre Majestät dich zu einigen Gesellschaften einladen wird, die auf Schloß Windsor stattfinden«, sagte sie. »Schließlich bist du jetzt achtzehn.«

»Mama, das ist ziemlich unwahrscheinlich«, erwiderte Zorina. »Wir sind viel zu unwichtige Leute.«

Prinzessin Louise, die leider wußte, daß das den Tatsachen entsprach, seufzte tief.

Sie hatte Glück gehabt, daß sie nach dem Tode ihres Mannes eine der Günstlingswohnungen erhalten hatte.

Prinz Paul, der Herrscher des kleinen, griechischsprachigen Königreichs von Parnassos, war bei einem Aufstand ums Leben gekommen. Als Folge davon war die Monarchie abgeschafft und die Familie ins Exil geschickt worden.

Prinzessin Louise war mit ihrer einzigen Tochter Zorina, die damals zwölf Jahre alt gewesen war, nach London gekommen. Sie war nicht nur weitgehend mittellos, sie wußte auch nicht, ob sie in England Hilfe finden würde.

Der Vater der Prinzessin, der Herzog von Windermere, war inzwischen gestorben. Ihr älterer Bruder, der den Titel geerbt hatte, hatte drei Söhne und vier Töchter. Es fiel ihm schwer genug, die nötigen Mittel für den Unterhalt seines Gutes im Lake-Distrikt aufzubringen.

Prinzessin Louise wußte, daß er sie als unwillkommene Last empfinden würde.

Sie war der Königin daher außerordentlich dankbar gewesen, als sie ihr und Zorina ein kleines, wenn auch nicht gerade attraktives Apartment im Hampton Court Palast zugebilligt hatte.

Das bedeutete zumindest, daß sie ein Dach über ihren Köpfen hatten. Den Lebensunterhalt bestritten sie mit einem winzigen Einkommen aus einem Legat, das Prinzessin Louise von ihrer verstorbenen Mutter vererbt worden war.

Es war nicht genug, daß sie oder Zorina sich viele Kleider anschaffen konnten, genaugenommen genügte es kaum für die notwendigsten Dinge.

Allen diesen Widrigkeiten zum Trotz war Prinzessin Louise entschlossen, ihrer Tochter, die ebenso intelligent wie ihr Vater war, die bestmögliche Ausbildung zu gewähren.

Dazu gehörte vor allem die Fähigkeit, sich in möglichst vielen Sprachen ausdrücken zu können. Zorina beherrschte natürlich fließend modernes Griechisch sowie die Sprachen, mit denen sie bereits als Kind vertraut gewesen war, vor allem Italienisch. Sie hatte außerdem einige Kenntnisse in Albanisch, Serbisch und anderen Dialekten der Balkanstaaten.

Sie war schon fast erwachsen, als sie eines Tages lachend zu ihrer Mutter sagte: »Mama, ich habe das Gefühl, du beharrst so darauf, daß ich Fremdsprachen lerne, weil du hoffst, die Königin sucht einen Ehemann für mich. Es heißt, daß man Ihre Majestät die erfolgreichste Ehestifterin Europas nennt.«

»Zorina, so darfst du nicht reden!« schalt ihre Mutter, doch nach einer kurzen Pause fügte sie hinzu: »Andererseits hast du recht, Liebes, und ich hoffe, daß du jemanden findest, der so attraktiv und charmant ist wie Papa.«

Sie seufzte tief und fuhr fort: »Ich wünsche mir, daß du ein Land regierst, das Griechenland an Schönheit gleicht – wo du in der Lage sein wirst, den Menschen zu helfen, die dich dafür lieben und bewundern.«

Zorina, für die das wie eines ihrer Märchen geklungen hatte, konnte nicht glauben, daß es jemals wahr würde.

Es war zu offensichtlich, daß die Königin, vor der sich alle fürchteten, weder von ihrer Mutter noch von ihr selbst sonderlich beeindruckt war.

Prinzessin Louise wurde als besonderes Entgegenkommen von Zeit zu Zeit zu einem Lunch nach Schloß Windsor gebeten. Zu den Weihnachtsgesellschaften, die für jedes Mitglied des Hochadels im Land den Höhepunkt der Saison bedeuteten, wurden sie jedoch niemals eingeladen.

Sie erhielten auch kein Weihnachtsgeschenk von der Königin, sondern lediglich eine Grußkarte, wie sie an viele Leute ging.

Das war alles.

Um die Gefühle ihrer Mutter nicht zu verletzen, behielt Zorina für sich, daß sie nicht den Wunsch verspürte, einen Mann zu heiraten, den sie nicht liebte.

Umgekehrt war sie zweifellos für viele Männer interessant, da ihr Vater einer königlichen Familie entstammte und ihre Mutter Engländerin war.

Diese Tatsachen garantierten fremden Ländern die Unterstützung der britischen Flagge und den Segen der mächtigsten Königin der Welt.

Ich will nur einen Mann heiraten, den ich liebe und der meine Gefühle erwidert, schwor sich Zorina, wobei sie inständig hoffte, daß ihr Wunsch durch ein Wunder in Erfüllung gehen möge.

Aus Liebe zu ihrer Mutter arbeitete Zorina hart an ihrem Studium der Fremdsprachen.

Prinzessin Louise hatte die Namen aller Leute geprüft, die in den Günstlingswohnungen lebten, um einen weiteren Lehrer für Zorina zu finden.

Sie hatte tatsächlich einen Prinzen entdeckt, der aus Rumänien stammte. Nur hatte es sich leider als schwierig erwiesen, mit ihm über etwas anderes als Sport zu sprechen. Trotzdem war Zorina gern mit ihm zusammen. Er war zwar alt, aber wenigstens ein Mann. Das bedeutete zumindest eine kleine Abwechslung in ihrem Alltag, der vorwiegend von Frauen bestimmt wurde.

Ihr eigener Haushalt war klein. Er bestand aus ihrer Mutter, ihr selbst und Nanny, die schon seit Zorinas Geburt bei ihnen war. Dann gab es noch Jessie, die jeden zweiten Tag kam, um die Fußböden zu putzen und äußerst schwatzhaft war.

Zu schwatzhaft, fand die Prinzessin, nur daß sie billiger war als die meisten Frauen, die im Palast arbeiteten.

Es war nicht verwunderlich, daß Zorina sich zu ihrer eigenen Unterhaltung Geschichten ausdachte.

Alle Leute um sie herum schienen alt zu sein, es gab niemanden in ihrem Alter.

Zorina war trotzdem glücklich. Sie fand es interessant, die Touristen zu beobachten, die im Laufe eines Tages in den Palast strömten. Während sie ihnen zuschaute, wie sie mit großen Augen durch die Säle wanderten, vergnügte sie sich damit zu raten, was sie taten und woher sie kamen.

Sie pflegten sich ständig im Labyrinth zu verirren, eine der Attraktionen des Palastgartens, die jeder Besucher sehen wollte.

Zorina wußte, daß die Aufseher, die im Schloß beschäftigt waren, untereinander Wetten abschlossen, wie schnell die Leute ihren Weg zur Mitte des Labyrinths finden würden.

Im Augenblick lag der Rekord bei fünf Minuten, doch der Rückweg dauerte um vieles länger.

Zorina liebte das Labyrinth, sie stand aber auch gerne am Ufer des Flusses und schaute den Schleppkähnen und Schiffen nach, die flußabwärts fuhren.

Dann dachte sie sich Geschichten über die Ladung aus, die sie mit sich führten, und überlegte, aus welchen fernen Ländern sie sie wohl nach London brachten.

Eines Tages werde ich reisen, beschloß sie. Ich werde die großen Flüsse hinaufsegeln, hohe Berge erklimmen und undurchdringliche Wälder durchqueren.

In ihren Tagträumen war sie nicht allein.

Es war immer jemand bei ihr, jemand, mit dem sie lachen konnte, jemand, der begriff, daß das Leben ein herrliches Abenteuer war.

Doch der Mann, der ihr Begleiter war – und natürlich war es ein Mann – hatte kein Gesicht. Er lebte nur in ihren Träumen, war ein namenloses Wesen.

Als sie von ihrem Deutschunterricht nach Hause kam, erzählte sie ihrer Mutter nichts von ihrer seltsamen Begegnung mit dem fremden Mann in der Cartoon Gallery. Zorina wußte, daß die Prinzessin schockiert sein würde, und es wäre ihr schwergefallen zu erklären, weshalb sie sich so viel Zeit genommen hatte, mit ihm zu plaudern.

Er war sehr an dem interessiert, was ich ihm gezeigt habe, entschuldigte sie sich vor sich selbst.

Andererseits war sie sich im klaren darüber, daß ihre Mutter es keinesfalls gutheißen würde, daß sie mit einem Fremden gesprochen hatte, zumal es sich um einen Mann ihrer eigenen gesellschaftlichen Schicht gehandelt hatte.

Sie hatte ihre Tochter an vielen langen Abenden über das korrekte Benehmen einer jungen Dame belehrt, die aller Voraussicht nach eine Debütantin sein würde. Zorina hatte sich heftig gegen diese Bezeichnung gewehrt.

»Wie könnte ich eine Debütantin sein, Mama?« fragte sie. »Ich bin zu keinem einzigen Ball eingeladen, geschweige denn bei einem großen Empfang vorgestellt worden.«

»Darüber werde ich mit Ihrer Majestät reden, sobald ich sie das nächste Mal sehe«, versprach die Prinzessin, wobei ihre Worte nicht besonders hoffnungsvoll klangen.

Zorina beschloß vernünftigerweise, die ganze Idee zu vergessen.

Gleichzeitig erinnerte sie sich der Dinnergesellschaften und Empfänge, die ihre Eltern vor der Revolution gegeben hatten, und wünschte, daß sie damals ein bißchen älter gewesen wäre, um daran teilzunehmen. Sie hatte dabei immer durch das obere Treppengeländer gespäht und die Gäste, besonders die Frauen in ihren prächtigen Kleidern und Tiaras bewundert.

Ihre Mutter, die kam, um ihr Gute Nacht zu sagen, war ihr wie eine Märchenprinzessin erschienen.

Inzwischen waren die Brillanten verkauft, und ihre Mutter trug nur noch sehr einfache selbstgenähte Kleider.

Manchmal erhielt die Prinzessin traurige Briefe von alten Freunden aus Griechenland, die unter den Nachwirkungen der Revolution litten.

Dann lief sie in ihrer Wohnung hin und her und überlegte verzweifelt: »Haben wir wirklich nichts mehr, was wir verkaufen können, um jemandem auszuhelfen, der es wirklich nötig hat?«

»Wir haben es auch nötig«, erwiderte Zorina.

Ihre Mutter hörte nicht zu. Ihr letzter kleiner Zobel wurde verkauft und der Erlös einer alten, verkrüppelten Frau geschickt.

In diesen Augenblicken war sich Zorina immer bewußt, daß niemand in England ihre Mutter wirklich zu schätzen wußte, die gleichzeitig arm und doch hilfsbereit war.

Auf dem Heimweg vom Apartment der Baroness überlegte Zorina, ob sie diesen Gentleman namens Rudolf wohl tatsächlich wiedersehen würde.

Zu dieser Stunde befanden sich nur die üblichen Neugierigen im Palast, denen der Besuch täglich außer Sonntag gestattet war.

Die alten Leute, die in den anderen Günstlingswohnungen lebten, hatten Prinzessin Louise erzählt, daß die Idee, der Öffentlichkeit freien Zutritt zu gewähren, bei vielen Adeligen heftige Proteststürme verursacht hatte. Sie waren entsetzt und empört gewesen.

Wie konnte ihre unerfahrene neunzehnjährige Königin den Leuten, die sie als niedrige Klasse bezeichneten, ein königliches Schloß öffnen?

Sie prophezeiten, daß die Eindringlinge unweigerlich Schaden anrichten, alles Bewegliche wegschleppen und sich wie Vandalen aufführen würden.

Zu jedermanns Erstaunen benahmen sich diese Mitglieder der niederen Schicht, obwohl sie in Scharen aus London herbeiströmten, ohne Fehl und Tadel. Einige kamen zu Fuß, andere in Ponywagen oder alten Familienkutschen. Es dauerte nicht lange, bis die jährliche Besucherzahl auf über achtzigtausend anstieg.

Das bedeutete eine herbe Enttäuschung für all diejenigen,

die in hysterischen Voraussagen das unmögliche Benehmen der Mitglieder der Arbeiterklasse beschworen hatten.

Statt dessen regte der Palast mit seinen Schätzen die Phantasie der Besucher an.

Nach kurzer Zeit setzte sich allgemein die Überzeugung durch, daß die Königin recht gehabt hatte, den Palast für alle zugänglich zu machen, da Hampton Court den Menschen neue Horizonte eröffnete.

Während Zorina durch die Räume schlenderte und all die Schönheit in sich aufnahm, fragte sie sich unwillkürlich, wo Mr. Rudolf wohl sein mochte.

Er kann doch nicht wirklich erwarten, daß ich mich morgen früh mit ihm treffe, dachte sie.

Doch als sie zu Bett ging, ohne ihrer Mutter von dem Zusammentreffen in der Cartoon Gallery erzählt zu haben, wußte sie, daß sie am nächsten Morgen früher als gewöhnlich aufstehen würde.

Auch wenn der Fremde tatsächlich da war, mußte sie sich bei dem Prinzen kaum entschuldigen, daß sie später kam. Er würde ihr nur von seinen Pferden in Rumänien erzählen und von dem Schloß, das er besessen hatte, ehe ihn familiäre Gründe zwangen, nach England ins Exil zu gehen.

Zorina wünschte, sie wäre mutig genug gewesen, Mr. Rudolf nach seiner Muttersprache zu fragen. Sie hätte ihn gern damit überrascht, ihn darin anzureden.

Bei dem Gedanken, daß er womöglich nicht wie versprochen auf sie warten würde, wurde sie von Verzweiflung erfaßt. Die meisten Menschen pflegten aus einer augenblicklichen Laune heraus vieles zu versprechen, aber wenn es dann soweit war, hatten sie eine andere Verabredung, verschliefen oder waren einfach nicht länger interessiert.

Dabei wollte sie ihm gern etwas über die große Halle erzählen, in der König Heinrich VIII. bei besonderen Gelegenheiten Feste gefeiert hatte. Sie nahm auch an, es würde ihn interessieren zu erfahren, daß das geschnitzte Blattwerk der Dachbalken an einigen Stellen das königliche Wappen zeigte, das mit dem Anne Boleyns verschlungen war.

Zorina hatte von jeher für Anne Boleyn tiefes Mitleid empfunden. Der König war ärgerlich und enttäuscht gewesen, daß sie ihm statt des heißersehnten Sohnes eine Tochter geboren hatte.

Zorina hatte in ihren Geschichtsbüchern gelesen, daß Anne, nachdem sie auf Grund von erfundenen Anklagen in den Tower geworfen worden war, von ihrem grausamen Ehemann eine letzte Gnade erfleht hatte. Sie bat darum, auf zivilisierte französische Weise mit einem Schwert und nicht mit der Axt enthauptet zu werden.

Das hatte ihr der König auch tatsächlich zugestanden, und am 19. Mai 1536 war die arme Anne von einem Degenfechter, den man eigens zu diesem Zweck aus Frankreich geholt hatte, geköpft worden.

Zorina hatte über das Schicksal der unglücklichen Anne bittere Tränen vergossen. Sie war empört und entsetzt gewesen, als sie außerdem gelesen hatte, daß der König noch in derselben Nacht vergnügt mit Jane Seymour gespeist hatte.

Dennoch war auch das ein faszinierender Teil des Palastes. Sie fragte sich, ob Anne wohl genau wie Königin Catherine durch die Räume geisterte. Allerdings hatte noch nie jemand behauptet, sie gesehen zu haben.

Am nächsten Morgen gab sie sich beim Frisieren besondere Mühe. Außerdem zog sie ihr hübschestes Kleid an. Groß war die Auswahl ohnehin nicht.

Zorina half ihrer Mutter dabei, ihre Kleider zu nähen. Sie trug sie, bis sie ihr entweder zu eng oder bis sie so oft gewaschen waren, daß die Farbe verblaßt war.

Die Prinzessin war im Augenblick mit einem neuen Kleid beschäftigt, diesmal mit einem Abendkleid – für den Fall, daß ihre Tochter doch zu einer Gesellschaft nach Schloß Windsor eingeladen oder, was noch aufregender war, während eines großen Empfangs bei Hofe vorgestellt würde.

Das Material hatte einen Großteil ihrer Ersparnisse gekostet. Das bedeutete, daß Zorina für lange Zeit auf kleine Annehmlichkeiten des Lebens oder Ergänzungen ihrer Garderobe verzichten mußte.

Das Kleid, das sie angezogen hatte, schmiegte sich eng um ihre schmale Taille. Der Rock war hinten zu einer kleinen, nicht gerade beeindruckenden Turnüre zusammengefaßt. Zorina sah darin sehr jung und sehr bezaubernd aus.

Weiß stand ihr ausgezeichnet; es unterstrich ihre aparte Erscheinung. Ihr Haar nahm in der Sonne einen roten Ton an, von dem ihre Mutter behauptete, daß er von ihrer Großmutter stamme, die Ungarin gewesen war. Vielleicht war diese Großmutter auch für die durchsichtige Helle ihrer Haut verantwortlich. Seltsamerweise wurde sie niemals von der Sonne verbrannt, auch nicht an den heißesten Tagen des Sommers.

Ihre Augen waren grün, außer wenn sie ängstlich oder unglücklich war, dann verdunkelten sie sich auf geheimnisvolle Weise. Ansonsten hatten sie die Klarheit eines Bergquells. Sie schienen das schmale Gesicht mit dem ausgeprägten Kinn und der kleinen, geraden griechischen Nase, die sie von ihrem Vater geerbt hatte, auszufüllen.

Zorina war völlig unbefangen. Abgesehen von dem Fremden, den sie am Tag zuvor kennengelernt hatte, hatte ihr noch nie jemand Komplimente gemacht. Sie ahnte daher nicht, daß ihre Mutter sie oft mit einem Seufzer betrachtete.

Die Prinzessin fragte sich dann, was aus ihrem hübschen Kind werden sollte, ob es wohl je glücklich werden könnte, wenn die Königin fortfuhr, sie zu ignorieren. Zorina konnte nichts tun, außer von den alten Leuten zu lernen, die wie sie selbst von der Barmherzigkeit Ihrer Majestät lebten.

Zorina eilte durch die Korridore, die von ihrem Wohnflügel aus zum Mittelpunkt des Schlosses und der Cartoon-Gallery führten.

Sie war sehr aufgeregt über dieses Abenteuer, das sich von allem unterschied, was sie je erlebt hatte.

Dabei redete sie sich ein, daß sie sich nur mit Rudolf traf, um ihm mehr über den Palast zu erzählen. Das geschah natürlich nur aus Zuvorkommenheit einem fremden Besucher gegenüber, wogegen ihre Mutter, auch wenn sie es wüßte, gewiß nichts haben konnte.

Gleichzeitig hielt sie es aber doch für besser, ihr kleines Geheimnis für sich zu behalten.

Zorina betrat die große Halle mit der hohen Decke. Ein niedriges Podest, etwa in Stufenhöhe, bildete das eine Ende des Raumes. Das notwendige Licht fiel durch ein großes Erkerfenster herein.

Hier hatte König Heinrich beim Bankett hinter einem hohen Tisch Platz genommen. Einen Schritt tiefer saßen seine Gäste an langen Tafeln, die rundum an den Wänden aufgestellt waren. Vor Zorinas geistigem Auge stieg das Bild von Menschen in farbenprächtigen Kostümen auf.

Sie nahm sich vor, Mr. Rudolf auch in die Presence Chamber zu führen, wo Kardinal Wolsey bei weniger wichtigen Anlässen den Gastgeber gespielt hatte.

Beim Studium der Palastgeschichte hatte Zorina herausgefunden, daß es für ihn nicht ungewöhnlich gewesen war, bei einem einzigen Mahl Hunderte von Freunden zu bewirten.

Die Presence Chamber wurde dann von unzähligen Kerzen erhellt, deren Licht sich in den herrlichen Gold- und Silberplatten widerspiegelte, die die Bankettafel schmückten.

Der Kardinal hatte die Angewohnheit gehabt, in der Mitte des Mahles einen goldenen Becher voll Hippocras – einen mit Kräutern gewürzten Wein – zu heben, um einen Toast auf seine wichtigsten Gäste auszubringen.

Zorina dachte so intensiv darüber nach, was sie Mr. Rudolf alles erzählen wollte, daß sie kein Wort herausbrachte, als sie ihm schließlich in der Cartoon Gallery gegenüberstand. Sie stand nur da und starrte ihn an.

Zorina hatte keine Ahnung, daß sie in der Frühlingssonne, die durch das Fenster schien, mit ihrem weißen Kleid und dem leuchtend roten Haar wie eine Erscheinung aus einer anderen Welt wirkte.

Einen Augenblick lang schien er ebenfalls sprachlos zu sein. Dann ging er schnell auf sie zu und nahm ihre Hand in die seine.

»Sie sind gekommen«, stellte er fest. »Ich hatte schon Angst, Sie hätten mich vergessen.«

»Ich . . . bin . . . hier.«

Zorina wunderte sich, daß es so schwer war, diese Worte auszusprechen.

Die Berührung seiner Hand weckte ein seltsames Gefühl in ihr, das sie nie zuvor gespürt hatte.

»Sie sind noch bezaubernder, als ich Sie in Erinnerung hatte«, sagte er mit seiner sonoren Stimme. »Vergangene Nacht dachte ich, ich sei einer Sinnestäuschung erlegen. Ich hielt es für unmöglich, daß ein lebendes und atmendes Geschöpf so aussehen könnte wie Sie.«

»So etwas . . . dürfen Sie nicht zu mir . . . sagen«, stotterte Zorina.

»Warum nicht?«

»Weil Sie mich in Verlegenheit bringen.«

Der Grund für ihre Scheu waren nicht nur seine Worte, auch, daß er ihre Hand nicht losließ, verwirrte sie. Obwohl sie sie ihm zu entziehen suchte, hielt er sie mit beiden Händen fest.

»Ihre Scheu ist anbetungswürdig«, lächelte er. »Ich wußte bisher nicht, daß das Erröten einer Frau der Morgenröte gleicht, die am Horizont aufsteigt.«

Zorina erschauerte.

»Ich wollte mit Ihnen über das Schloß sprechen.«

»Und ich möchte Sie nur anschauen.«

»Wollen Sie nicht auch das Schloß sehen?«

Er ließ endlich ihre Hand los, um sie nicht länger in Verlegenheit zu bringen. Gemeinsam durchquerten sie, ohne zu sprechen, den Raum.

Aus irgendwelchen unerfindlichen Gründen war es Zorina plötzlich nicht mehr wichtig, ihm etwas über die Geschichte des Palastes zu erzählen.

Er war da, sie hatte ihn wiedergefunden, alles andere spielte keine Rolle.

Erst als sie die Tür am anderen Ende des Raumes erreichten, blieben sie stehen und schauten einander an.

»Zeigen Sie mir, was immer Sie wollen«, sagte Rudolf sanft. »Mir ist alles recht, solange Sie nur bei mir sind. Ich möchte Ihre Stimme hören und in Ihre Augen schauen. Seit gestern morgen konnte ich an nichts anderes mehr denken.«

2

Zorina und Rudolf wanderten durch den Palast, doch sie sprachen nicht über ihre Umgebung, sondern über sich selbst.

Er machte ihr Komplimente, die sie erröten ließen.

Zu ihrem eigenen Erstaunen erzählte sie ihm, wie langweilig ihr Leben inmitten lauter alter Menschen verlief. Sie vertraute ihm an, daß es niemand gab, mit dem sie Spiele spielen oder lange Spaziergänge machen konnte, wie sie es gern getan hätte.

Obwohl es nur Kleinigkeiten waren, schien er sich für jedes ihrer Worte zu interessieren.

Manchmal entstand zwischen ihnen ein langes Schweigen, und dennoch war sich Zorina der Tatsache, daß er an ihrer Seite ging, ständig bewußt.

Schließlich blieben sie vor einem Fenster stehen, von dem aus man den Garten überblicken konnte. Es schien keinen Grund mehr zu geben, so zu tun, als ob sie die Aussicht bewunderten.

»Ich sollte gehen«, sagte Zorina. »Es ist bestimmt schon spät.«

»Ich habe das schreckliche Gefühl, daß mir die Zeit zwischen den Fingern zerrinnt«, erwiderte Rudolf. »Ich werde Sie verlieren und Sie nicht wiederfinden.«

»Ich . . . bin immer . . . hier.«

Da er zögerte, erwartete sie unwillkürlich, er würde antworten, er müsse den Palast bald verlassen. Er brauchte ihr nicht zu sagen, daß er in sein Land zurückkehren würde. Sie spürte es tief in ihrem Inneren. Am liebsten hätte sie geweint und ihn gebeten zu bleiben, um sich am nächsten Morgen und am Morgen danach wieder mit ihr zu treffen.

Da sie all diese Dinge nicht aussprechen konnte, murmelte sie nur: »Es gibt noch so vieles im Palast, was Sie nicht gesehen haben, den Garten, das Labyrinth . . .« Sie stockte.

Es würde schwierig sein, mit ihm in den Garten zu gehen, ohne daß sie von den Fenstern aus beobachtet wurden. Irgend jemand würde ihrer Mutter mit Sicherheit berichten, daß sie in Begleitung eines jungen gutaussehenden Mannes gewesen war.

Zorina hatte nur den einen Wunsch, ihn festzuhalten und daran zu hindern, von ihr wegzugehen.

Sie schauten sich eine Weile stumm an. Die Zeit schien stehenzubleiben.

»Mir ist, als ob ich Sie seit Ewigkeiten kenne«, flüsterte Rudolf schließlich«, und als ob wir alles, was wir tun und sagen, schon einmal getan und gesagt haben.«

»Ich empfinde genauso.« Zorinas Stimme bebte.

Er nahm ihre Hand.

»Wir müssen über alles sprechen«, sagte er. »Können wir uns heute nachmittag treffen?«

»Das ist unmöglich«, erklärte Zorina. »Es ist mir nicht erlaubt, den Palast zu betreten, wenn die vielen Besucher kommen.«

»Angenommen, ich besuche Sie in Ihrem Apartment?«

»Nein, o nein, das wäre ein Fehler! Wir müßten erklären, daß wir einander nicht richtig vorgestellt worden sind.«

»Außer von dem Geist Kardinal Wolseys.«

Zorina lachte.

Obwohl sie sich so sehr wünschte, noch ein wenig bleiben zu können, mußte sie sich jetzt unbedingt auf den Weg machen. Sie entzog ihm ihre Hand.

»Ich werde mich morgen mit Ihnen treffen.«

Ihre Worte waren kaum mehr als ein Flüstern, doch er hatte sie verstanden.

»Ich werde hier sein«, versprach er. »Sie wissen, daß ich hier sein werde.«

Er machte eine Pause, ehe er fortfuhr: »Ich möchte mich lange mit Ihnen unterhalten, Ihnen alles über mich erzählen, alles über Sie erfahren. Es ist ärgerlich, daß wir nur diese wenigen Minuten zusammensein können.«

Zorina murmelte ein paar unverständliche Worte.

»Ich habe eine Idee.« Sein Gesicht hellte sich auf. »Ich werde Sie besuchen, formlos zuerst. Es klingt zwar lächerlich, da wir uns bereits so gut kennen, aber Sie müssen mir Ihren Namen nennen.«

Zorina war unbehaglich zumute.

Wenn er wußte, wie sie hieß, und wenn die Leute, bei denen er zu Gast war, erfuhren, auf welch ungewöhnliche Art sie sich kennengelernt hatten, würden die Mitbewohner des Palastes gewiß zu klatschen und zu tratschen beginnen. Die ganze Geschichte würde unweigerlich ihrer Mutter zu Ohren kommen.

Es kam ihr in den Sinn, daß nicht nur ihre Mutter sehr ärgerlich sein würde. Alle anderen würden sie für unmoralisch halten, weil sie mit einem fremden Mann gesprochen hatte.

Am schlimmsten war, daß sie sich mit ihm verabredet und ihm erlaubt hatte, sie mit dem Vornamen anzureden.

Zorina wandte sich ängstlich ab.

»Ich muß gehen, aber ich werde morgen wieder hier sein. Vielleicht kann ich dann erklären . . .«

Sie verstummte auf halbem Weg zur Tür.

Als ihm bewußt wurde, daß sie ihn verlassen hatte, war es längst zu spät, ihr nachzulaufen. Er wußte, daß sie bereits die langen Korridore entlangeilte, die zu den Günstlingswohnungen führten.

Er drehte sich wieder zum Fenster um und schaute hinaus. Dennoch sah er nichts von dem herrlichen, sonnenbeschienenen Garten. Er starrte stirnrunzelnd in seine eigene Zukunft.

Zorina war ein wenig außer Atem, als sie die Wohnung des Prinzen erreichte. Sie blieb kurz stehen und strich sich ihre Haare glatt. Als sie plötzlich bemerkte, daß die Tür offenstand, trat sie vorsichtig ein.

Zu ihrem Erstaunen fand sie in der kleinen Halle Nanny vor; sie unterhielt sich mit dem persönlichen Diener des Prinzen, der beinah so alt wie sein Herr war.

Als sie Zorina bemerkte, stieß sie einen vorwurfsvollen Laut aus.

»Wo sind Sie gewesen, Königliche Hoheit?« fragte sie in scharfem Ton. »Ich warte hier schon so lange auf Sie, daß Sie inzwischen Zeit gehabt hätten, durch den ganzen Palast zu wandern! Sie sollten doch direkt zu Ihrem Unterricht gehen!«

»Es tut mir leid, Nanny«, sagte Zorina in besänftigendem Ton. »Warum sind Sie hier?«

»Ich will Sie holen. Kommen Sie, wir dürfen keine Zeit verlieren.«

»Aber warum?«

»Das werde ich Ihnen unterwegs erklären.«

Zorina merkte, daß sie nicht vor dem Diener des Prinzen reden wollte.

»Guten Morgen, Hans«, begrüßte sie den alten Mann freundlich. »Würden Sie Seiner Hoheit ausrichten, wie leid es mir tut, daß wir den Unterricht heute ausfallen lassen müssen?«

»Ich werde es ihm sagen, Hoheit. Er wird bestimmt enttäuscht sein.«

»So kommen Sie doch!« rief Nanny ungeduldig.

Zorina, die schon halb auf dem Korridor war, wandte sich noch einmal um.

»Sagen Sie Seiner Hoheit, daß ich morgen komme, wenn es mir möglich ist.«

Der Diener verbeugte sich. Ohne auf seine Antwort zu warten, eilte Zorina hinter Nanny her.

»Was ist geschehen?« fragte sie, als sie sie eingeholt hatte.

»Ein Bote von Schloß Windsor ist eingetroffen, gleich nachdem Sie weggegangen sind.«

»Von Schloß Windsor?« wiederholte Zorina erstaunt.

»Ja, und Ihre Königliche Hoheit ist sehr verärgert, daß Sie die Wohnung so früh verlassen haben, ohne sie darüber zu informieren.«

»Ich wollte sie nicht stören.«

Nanny schwieg. Das Tempo, das sie vorgelegt hatten, machte es ihr unmöglich, gleichzeitig zu reden.

Zorinas Neugier, was diese Botschaft von Schloß Windsor zu bedeuten hatte, wurde daher nicht gestillt. Aber was immer es auch war, ihre Mutter würde sich schrecklich aufregen.

Falls es sich um eine Einladung der Königin handelte, mußten Kleider gebügelt und Hüte aufgefrischt werden.

Wir werden sehr schäbig aussehen, dachte sie bekümmert.

Alles verfügbare Geld reichte nicht, um etwas Neues zu kaufen. Sie hatten für das Abendkleid, von dem die Prinzessin hoffte, daß ihre Tochter darin bei Hof vorgestellt wurde, zuviel ausgegeben.

Es dauerte einige Zeit, bis Zorina und Nanny ihr eigenes Apartment erreichten. Sie mußten dazu eine Treppe hinunter-

und eine andere wieder hinaufgehen, so daß Nanny ziemlich atemlos dort ankam.

Zorina ging direkt ins Wohnzimmer hinüber, weil sie annahm, daß ihre Mutter sie dort erwartete. Sie hatte sich nicht getäuscht: Prinzessin Louise saß am Fenster und nähte neue Bänder an ein Hütchen. Sie blickte auf, als Zorina hereinkam.

»Da bist du ja!« rief sie. »Wie konntest du weggehen, gerade als ich dich brauchte?«

»Was ist geschehen, Mama?«

»Setz dich, Liebes, ich muß dir eine Menge berichten.«

Zorina machte ein neugieriges Gesicht. Sie setzte sich in einen Sessel neben ihre Mutter und schaute sie erwartungsvoll an.

»Einer der Adjutanten Ihrer Majestät sprach vor, als ich gerade frühstückte«, begann Prinzessin Louise. »Ein charmanter Mann! Stell dir vor, er hat deinen Vater gekannt.«

Zorina wußte, was es für ihre Mutter bedeutete, mit jemandem über ihren verstorbenen Mann sprechen zu können.

Prinzessin Louise war sich schon immer im klaren darüber gewesen, daß die wenigen Leute, die sie in England kannten, nicht im mindesten beeindruckt von Prinz Paul waren. Viele wußten nicht einmal, daß er je existiert hatte.

Sie hatten wohl von seinem Vater, dem König, gehört, aber Paul als der jüngere Sohn war ohne Bedeutung. Das gleiche galt für den Rest seiner Familie.

Eine kleine Pause entstand, bis Zorina neugierig fragte: »Weshalb ist er hergekommen, Mama, doch nicht nur, um über Papa zu sprechen?«

»Natürlich nicht!« erwiderte die Prinzessin. »Liebes, er war hier, um uns mitzuteilen, daß die Königin uns zum Dinner nach Schloß Windsor einlädt. Wir sollen dort über Nacht bleiben.«

»Wie aufregend, Mama!« rief Zorina. »Das haben wir noch nie getan.«

»Es handelt sich um eine ganz besondere Gelegenheit. Ich habe gehört, daß die Königin gleich nach unserer Ankunft mit dir reden will.«

Etwas am Benehmen ihrer Mutter machte Zorina nervös.

»Was glaubst du, Mama, worüber wird sie mit mir reden wollen?« fragte sie, und eine böse Vorahnung beschlich sie.

»Ich glaube, nein, nach allem, was der Adjutant gesagt hat, bin ich mir sicher, daß die Königin eine Heirat für dich geplant hat.«

»Eine Heirat?« wiederholte Zorina entsetzt. »Aber ich bin noch nicht einmal vorgestellt worden. Ich war noch auf keiner einzigen Gesellschaft auf Schloß Windsor.«

»Das weiß ich«, erwiderte die Prinzessin. »Du bist jedoch achtzehn Jahre alt.«

Zorina stand auf und ging ans Fenster.

»Du mußt dich irren, Mama. Ich kann nicht glauben, daß die Königin mich verheiraten will, obwohl ich noch an keiner gesellschaftlichen Veranstaltung teilgenommen, geschweige denn andere als die alten Leute hier im Palast kennengelernt habe.«

»Liebes, wir dürfen nicht zu anspruchsvoll sein. Falls sich für dich eine Möglichkeit ergibt, deinem langweiligen Leben zu entkommen, werde ich wissen, daß meine Gebete erhört wurden.«

»Ich will nicht heiraten, Mama, jedenfalls nicht so schnell.«

»Vielleicht geht es ja auch um etwas ganz anderes«, sagte die Prinzessin beruhigend. »Der Bote der Königin war sehr diskret. Ich hatte nur das Gefühl, daß er etwas Derartiges andeuten wollte.«

Zorina starrte mit ausdruckslosem Gesicht aus dem Fenster. Sie war weit davon entfernt, Vorfreude zu empfinden. Sie dachte nur an Rudolf.

Er würde morgen früh vergeblich auf sie warten. Jetzt ärgerte sie sich, daß sie ihn nicht gefragt hatte, bei wem er wohnte. Dann hätte sie ihm wenigstens eine Nachricht zukommen lassen können.

»Warum habe ich ihm nur nicht gesagt, wer ich bin?« warf sie sich selbst vor.

Die Antwort war einfach genug. Sie waren so beschäftigt gewesen, über ihre Gedanken und Gefühle zu sprechen, daß alles andere zur Bedeutungslosigkeit verblaßt war. Jedes Wort, das sie gewechselt hatten, schien eine Art Zauber zu haben.

»Wir haben noch viel zu tun«, mahnte die Prinzessin. »Zum Glück bin ich gestern mit deinem Abendkleid fertig geworden. Es gibt zwar noch ein paar Kleinigkeiten zu ändern, aber heute abend kannst du es tragen.«

Da Zorina schwieg, fuhr sie fort: »Leider hast du für die Reise nichts Neues anzuziehen, außer deinem Sonntagskleid, das schon ein wenig schäbig ist. Aber wenigstens habe ich deinen Hut aufgefrischt.«

Sie atmete tief ein und lächelte Zorina aufmunternd an.

»Und jetzt geh und pack alles ein, was du für nötig hältst. Achte darauf, daß deine Schuhe sauber sind und du genügend Taschentücher hast.«

Da Zorina immer noch keine Reaktion zeigte, fragte die Prinzessin in scharfem Ton: »Hast du mir eigentlich zugehört?«

»Ja . . . natürlich, Mama.«

»Dann beeil dich. Wir müssen den Lunch sehr früh einnehmen. Die Kutsche wird um zwölf Uhr dreißig hier sein.«

»Die Königin schickt uns eine Kutsche?«

»Selbstverständlich, Liebes. Sie weiß, wir würden Schloß Windsor sonst nicht erreichen – außer mit gemieteten Pferden, die wir uns nicht leisten können.«

»Ich werde gehen und packen.« Zorina wandte sich langsam um.

Die Prinzessin begann mit flinken Händen ihren Handarbeitskorb einzupacken. Plötzlich hielt sie inne.

»Es ist sehr aufregend, findest du nicht? Jetzt kannst du den Speisesaal sehen, wenn die Tafel gedeckt ist und die Kerzen in den vielarmigen Leuchtern brennen.«

»Ja . . . Mama.«

Zorina kam ihre eigene Stimme tonlos vor. Sie wußte, daß sie mehr Interesse zeigen sollte, wenn sie ihre Mutter nicht verletzen wollte.

Andererseits dachte sie nur daran, wie enttäuscht Rudolf sein mußte, wenn er morgen früh vergeblich auf sie wartete. Er würde nicht begreifen, warum sie nicht kam.

Zorina packte alles ein, was Nanny für sie gebügelt hatte. Außerdem viele andere Dinge, die sie nicht zu brauchen glaubte, aber Nanny und ihre Mutter bestanden darauf, daß sie sie mitnahm.

Als letztes wurde das weiße Abendkleid mit dem kunstvoll drapierten Rock und den Kaskaden von Rüschen, die auch die Turnüre und die kleine Schleppe bildeten, beinahe feierlich in den Koffer gelegt.

Nanny stellte sich schrecklich an, weil sie fürchtete, das Kleid könnte zerdrückt werden und es würde, wenn sie Schloß

Windsor erreichten, nicht genügend Zeit bleiben, um es aufzubügeln.

»Wir müßten eigentlich gegen drei Uhr da sein«, sagte die Prinzessin beruhigend.

»Die Eisen brauchen lange, um heiß zu werden«, bemerkte Nanny unnötigerweise.

Beim Lunch, einem sehr bescheidenen Mahl, das sie in aller Eile einnahmen, überlegten sie ein letztes Mal, ob sie auch wirklich nichts vergessen hatten.

Die Kutsche mit den königlichen Insignien auf den Türen war sehr bequem. Der Kutscher trug die Livree der Königin und dazu einen hohen Hut. Das Gespann bestand aus schönen und schnellen Pferden.

Zorina genoß es, aus dem Fenster zu schauen. Sie fuhren durch Dörfer, die sie noch nie gesehen hatte, obwohl sie seit sechs Jahren in der Nähe lebte.

Schließlich tauchte vor ihnen das Schloß auf, auf dessen Dach die königliche Standarte wehte.

Zorina spürte mit leiser Beklemmung, daß dies ein sehr wichtiger Augenblick in ihrem Leben war.

Sie hatte Angst – Angst vor der Königin, Angst vor der Zukunft, Angst, in etwas hineingetrieben zu werden, aus dem es keinen Ausweg gab.

»Zorina, du darfst eines auf keinen Fall vergessen«, warnte ihre Mutter sie, als die Pferde den sanften Hügel hinauf zum Tor des Schlosses trabten. »Für die Königin bist du Victoria. Du wurdest nach ihr getauft, weil dein Großvater sie außerordentlich bewundert hat.«

»In Wahrheit bewunderte er wahrscheinlich England, wie das viele andere Länder in Europa tun, Mama.«

»So etwas darfst du nicht sagen«, erwiderte die Prinzessin.

»Jedermann auf der Welt bewundert und respektiert Königin Victoria.«

»Wie ich gehört habe, murren viele Leute, weil sie sich in ihrem Schloß einschließt und London niemals aufsucht«, widersprach Zorina.

Prinzessin Louise seufzte.

»Wenn du weiter so rechthaberisch bist, bedaure ich, daß wir hergekommen sind.«

»Das bedauerst du keineswegs, Mama«, erwiderte Zorina lächelnd. »Du bist viel aufgeregter, als ich es bin. Vielleicht werden wir erfahren, daß die Königin einen Ehemann für dich gefunden hat.«

»Zorina, was fällt dir ein?« rief die Prinzessin empört.

Dabei wußte Zorina, daß ihre Mutter nur vorgab, schokkiert zu sein, weil Nanny bei ihnen war.

Nanny begleitete sie anstatt einer Zofe, die die Prinzessin natürlich nicht besaß. Sie war genauso wie ihre Herrin an Zorinas kecke Bemerkungen gewöhnt, und beide lachten darüber, wenn sie unter sich waren.

Zorina, die die Nervosität ihrer Mutter spürte, ergriff ihre Hand.

»Laß dich von der Königin nicht einschüchtern, Mama«, bat sie. »Papa, würde ihr bestimmt die Stirn bieten, wenn er noch lebte.«

»Es geht nicht darum, ihr die Stirn zu bieten, Zorina. Wir sind vollkommen abhängig von ihr und sollten ihr dankbar sein.«

»Nun, sie hat uns einen Platz gegeben, wo wir leben können, viel mehr hat sie nicht getan. Wenn ich schon noch zu jung war, um an ihren Gesellschaften teilzunehmen, hätte sie wenigstens dich einladen können.«

Die Prinzessin, die schon oft das gleiche gedacht hatte, antwortete nicht.

Ihre Großmutter war eine entfernte Verwandte der königlichen Familie gewesen. Aus diesem Grund war ihr zwar gestattet worden, Prinz Paul, der sich in sie verliebt hatte, zu heiraten. Doch ihr war nie die Aufmerksamkeit zuteil geworden, die ihr rechtmäßig zustand. Schließlich war sie die Schwiegertochter eines Königs und die Tochter eines englischen Herzogs, dessen Mutter eine Verwandte der Königin gewesen war.

»Jetzt ist nur wichtig, daß wir hier sind«, sagte Nanny. »Sie sollten sich, und das gilt auch für Sie, Königliche Hoheit, so gut wie möglich amüsieren – besonders für den Fall, daß Sie nicht wieder eingeladen werden.«

Das war genau die Art von Bemerkung, die man von Nanny erwarten durfte. Prinzessin Louises und Zorinas Lachen schien die Anspannung zu lockern.

Gleich darauf hielt die Kutsche vor dem Hauptportal des Schlosses. Ein roter Teppich war ausgelegt worden, und eine kleine Armee von Lakaien in Livree stand zu ihrem Empfang bereit.

Die Prinzessin lächelte, während sie den recht langen Weg zu den Privatgemächern zurücklegten. Zorina fand das Schloß düster und in keiner Weise so attraktiv wie den Hampton Court Palast.

Sie war das erste Mal auf Schloß Windsor gewesen, kurz nachdem sie und ihre Mutter in England eingetroffen waren. Beide waren in tiefer Trauer gewesen und hatten den Tod von Prinz Paul noch nicht überwunden. Zorina konnte nur daran denken, wie unglücklich ihre Mutter war. Sie selbst war genauso betrübt, da sie ihren Vater sehr geliebt hatte.

Jetzt bemühte sie sich, jede Einzelheit des Schlosses in sich aufzunehmen.

Nach der Begrüßung durch eine Hofdame wurden sie in ihre Schlafzimmer geführt, wo sie sich frisch machen konnten, bevor die Königin sie empfing.

Nachdem sich Zorina Gesicht und Hände gewaschen und Nanny ihr das Haar gerichtet hatte, ging sie nach nebenan in das Zimmer ihrer Mutter, um sich zu erkundigen, ob sie fertig sei.

»Ich nehme eigentlich an, man erwartet von uns, daß wir uns nach der langen Fahrt umziehen«, sagte die Prinzessin, als sie hereinkam. »Doch ich finde, daß dein Kleid sehr hübsch aussieht, Liebes. Es ist auch kaum verknittert.«

»Es ist auch das beste, das ich besitze, Mama«, erwiderte Zorina trocken. »Wenn es der Königin nicht gefällt, kann sie mir ja ein neues schenken.«

Die Prinzessin stieß einen kleinen Schrei aus und legte einen Finger auf die Lippen.

»Um Himmels willen, Zorina, sei vorsichtig mit dem, was du sagst! Ich bin sicher, daß hier sogar die Wände Ohren haben, und die Königin würde eine solche Bemerkung bestimmt nicht komisch finden.«

»Aber Mama! So werde ich gewiß nicht vor der Königin reden«, versicherte Zorina. »Schau nicht so besorgt drein. Denk daran, daß Papa dich für die schönste Frau hielt, die ihm je begegnet war. Unsere Gesichter sind wichtiger als die Kleider, in denen unsere unbedeutenden Körper stecken.«

Die Prinzessin lachte, wie ihre Tochter es beabsichtigt hatte.

»Du bist unverbesserlich, Zorina!« rief sie. »Ich weiß wirklich nicht, was ich mit dir anfangen soll.«

»Laß mich einfach ich selbst sein, Mama«, bat Zorina, »und vor allem laß uns unseren ersten Besuch hier nach sechs Jahren genießen und alles essen, was wir vorgesetzt bekommen.«

Die Prinzessin lachte erneut und ging ins Wohnzimmer hinüber, wo eine Zofe auf sie wartete.

Zorina fand, daß keine Frau schöner und majestätischer aussehen konnte als ihre Mutter.

Kein Wunder, daß sich Prinz Paul bei ihrer ersten Begegnung in sie verliebt hatte.

Es war in Ascot gewesen, als der Herzog von Windermere ihn zum Lunch in das königliche Zelt eingeladen hatte.

Prinz Paul war zum Rennen gegangen, weil er sich für Pferde interessierte. Doch in dem Augenblick, als er Lady Louise zu Gesicht bekommen hatte, konnte er an nichts anderes mehr denken. Er hatte beim Rennen nicht sein Geld, sondern sein Herz verloren.

Da er aus einem königlichen Geschlecht stammte – auch wenn er nur der jüngere Sohn König Minos' war – galt er als bedeutende Persönlichkeit. Er und Louise hatten daher befürchtet, man würde ihnen die Ehe nicht gestatten.

Zu ihrem Glück hatte König Minos so viele politische Probleme, daß ihn Familienangelegenheiten nicht sonderlich interessierten.

Königin Victoria war zu dieser Zeit so heftig in ihren Prinz Albert verliebt, daß sie Mitgefühl und Verständnis für andere Leute aufbrachte, die sich liebten. Sie stimmte bereitwillig zu, daß die Tochter des Herzogs von Windermere, in deren Adern ein wenig königliches Blut floß, Prinz Paul heiratete.

»Wir waren glücklich, unbeschreiblich glücklich«, hatte Prinzessin Louise ihrer Tochter oft vorgeschwärmt. »Ich liebte deinen Vater von dem Augenblick an, als ich ihn sah, und er erwiderte meine Gefühle. Wenn man mir nicht erlaubt hätte, ihn zu heiraten, wäre ich lieber gestorben, als ohne ihn weiterzuleben.«

Während sie ihrer Tochter diese Geschichte immer wieder erzählte, kam ihr überhaupt nicht in den Sinn, wie sehr sie Zorina damit beeinflußte. Das Mädchen träumte von nichts anderem als davon, eines Tages eine ebensolche Liebe zu finden wie ihre Eltern.

Schon der Gedanke an eine andere Art von Ehe war ihr unerträglich. Doch das war etwas, was sie weder ihrer Mutter noch sonst jemand anvertraut hatte.

Eine Hofdame und ein Adjutant führten sie zu dem Zimmer, in dem die Königin sie erwartete. Unterwegs redete sich Zorina ein, daß Ihre Majestät sich bestimmt nicht die Mühe machte, eine Ehe für sie zu arrangieren. Es mußte einen anderen Grund geben, weshalb sie so eilig und unerwartet hergerufen worden waren.

Vor dem Zimmer der Königin herrschte reger Betrieb. Der Adjutant ging hinein und kam nach einigen Minuten wieder zurück.

»Ihre Majestät wird Eure Königliche Hoheit jetzt empfangen«, meldete er.

Prinzessin Louise trat als erste ein, Zorina folgte ihr auf dem Fuße. Ihr erster Eindruck war, daß sie noch nie so viele Bilder und Fotografien gesehen hatte. Sie befanden sich überall, auf jedem Möbelstück und an jeder freien Stelle der purpurnen Seidentapeten an den Wänden.

Zorina erfuhr später, daß es an die zweihundertfünfzig Stück waren und daß sie von Windsor nach Balmoral oder Osborne mitgenommen wurden, wann immer die Königin ihren Aufenthaltsort wechselte.

Abends, wenn sie im Licht der Wachskerzen, die in großen Kandelabern steckten, Patiencen legte, pflegte sie die Bilder anzuschauen.

Tagsüber beschäftigte sie sich damit, mit ihren dicken, schwer beringten Fingern in ihren anderen Kostbarkeiten herumzukramen. Da gab es gebündelte Briefe, Papiergewichte, getrocknete Blumen, alte Federmesser und Notenblätter.

Auf einem Tischchen griffbereit lag das Stammbuch Ihrer Majestät, das mit den Widmungen ihrer Gäste gefüllt war.

Die Königin nahm es überall mit hin, wohin sie auch immer ging, und manche Leute hatten das Buch schon mit einer Bibel verwechselt, wie Prinzessin Louise ihrer Tochter lachend erzählt hatte.

Dann sah Zorina die Königin selbst: Eine kleine, schwarzgekleidete Gestalt mit einer weißen Haube, die am anderen Ende des Raumes saß.

Da man von der Königin immer voller Ehrfurcht sprach und Zorina sie mit zwölf Jahren zum letzten Mal gesehen hatte, hatte sie sich eine große, überwältigende Frau vorgestellt. Statt dessen wirkte sie klein und um einiges älter als erwartet.

Die Königin streckte die Hand aus und hauchte Prinzessin Louise, nachdem diese in einem Hofknicks versunken war und ihr die Hand geküßt hatte, einen Kuß auf die Wange.

»Es freut mich, Sie zu sehen, Louise. Wie geht es Ihnen?«

»Sehr gut, vielen Dank, Madam.«

Die Königin wandte sich Zorina zu, die dem Beispiel ihrer Mutter folgte, knickste und die königliche Hand küßte.

Als sie sich erhob, sagte die Königin: »Sie dürfen Platz nehmen.«

Prinzessin Louise setzte sich auf einen Stuhl in ihrer Nähe, Zorina ein wenig weiter entfernt.

Sie warteten in sorgsam geplantem, ehrfürchtigem Schweigen, zumindest empfand Zorina es so.

»Ich habe Sie hergebeten«, begann die Königin schließlich, »um Ihnen etwas mitzuteilen: Ich habe beschlossen, meine Einwilligung zu einer Heirat zwischen Victoria Mary und König Otto von Leothia zu geben!«

Prinzessin Louise stieß einen kleinen Laut aus, der wie ein Keuchen klang, Zorina aber war zumute, als ob sie sich in Stein verwandelt hätte.

»Das ist sehr liebenswürdig von Ihnen, Madam«, erwiderte Prinzessin Louise mühsam.

»Ich dachte mir, daß Sie zufrieden wären, Louise«, lächelte die Königin. »Bei all den Unruhen, die in vielen Ländern ausgebrochen sind, war es schwer, einen unverheirateten König zu finden.«

»Ich dachte . . .«, begann die Prinzessin zögernd.

». . .daß er verheiratet ist«, beendete die Königin den Satz. »Das war er auch bis vor zwei Jahren. Damals ist seine Gattin, eine sehr angenehme Frau, gestorben.«

Ihre Augen ruhten auf Zorina, als sie fortfuhr: »Seine Majestät hat den Wunsch geäußert, eine Engländerin zu heiraten. Er ist, völlig zu Recht, wie ich meine, der Ansicht, daß eine Verbindung mit unserer Nation seine Stellung in Europa zu einer Zeit stärkt, in der es dringend notwenig ist.«

»Es tut mir leid, zugeben zu müssen, daß ich nicht genau weiß, wo Leothia liegt, Madam.«

»Ich bin sicher, Ihrem Ehemann wäre es nicht schwergefallen, dessen Lage zu lokalisieren«, erwiderte die Königin beißend. »Leothia ist ein zwar kleines, aber politisch wichtiges Land, das im Norden an Österreich, im Westen an Serbien, im Osten an Rumänien und im Süden an Bulgarien angrenzt.«

»Ja, natürlich, jetzt erinnere ich mich«, sagte Prinzessin Louise schnell.

»Für England ist es deshalb von Bedeutung, weil es eine Art Puffer zwischen den eben genannten Staaten bildet und sie daran hindert, einander anzugreifen.«

»Denken Sie nicht, Madam, daß Victoria ein bißchen zu jung für König Otto ist?« fragte Prinzessin Louise vorsichtig. »Wenn ich mich recht erinnere, hat er bereits erwachsene Kinder.«

»Ich denke nicht, daß das Alter etwas damit zu tun hat«, erwiderte die Königin in scharfem Ton. »Victoria Mary kommt aus einer respektablen englischen Familie, die entfernt mit dem Königshaus verwandt ist. Der Stammbaum Ihres verstorbenen Gatten reicht, wie uns sehr wohl bewußt ist, bis ins Altertum zurück.«

»Darauf war er auch sehr stolz, Madam.«

»Und das mit Recht«, sagte die Königin. »Nachdem in Parnassos die Monarchie abgeschafft wurde, ist das Land unglücklicherweise ohne jede Bedeutung, was das Erhalten des Gleichgewichts der Kräfte in Europa betrifft.«

»Das ist wahr, Madam.«

»Um den Wunsch König Ottos zu erfüllen, habe ich mich unter den englischen Prinzessinnen umgesehen. Außer Victoria Mary ist im Augenblick keine verfügbar«, fuhr die Königin fort. »Ich bin sicher, Louise, daß Sie sich für Ihr einziges Kind gar keine bessere Verbindung wünschen können.«

»Nein, natürlich nicht, Madam.«

»Sie sind sich doch wohl bewußt, daß sie als Königin über ein sehr schönes Land regieren wird?«

»Ich bin mir dessen durchaus bewußt, Madam, und ich bin Ihnen auch sehr dankbar.«

»Und du, Victoria Mary?« fragte die Königin. »Ich hoffe, du bist mir ebenfalls dankbar.«

»Ich wüßte gern, wie alt König Otto ist«, erwiderte Zorina. »Mama hat gesagt, er habe schon erwachsene Kinder.«

Die Königin schien die Frage unverschämt zu finden. Sie funkelte Zorina böse an, bevor sie etwas widerstrebend antwortete: »Ich nehme an, daß seine Majestät um die Sechzig ist, aber sein Alter ist unwichtig. Er ist ein König, Victoria, und du wirst eine Königin sein. Das sollte einem jungen Mädchen genügen.«

Zorina schwieg.

Als ob die Königin fürchtete, ihre Pläne könnten durchkreuzt werden, setzte sie in noch schärferem Ton hinzu: »Meiner Meinung nach wäre es ein Fehler, wenn es im Augenblick noch eine zweite Königin Victoria gäbe. Du hast doch noch einen anderen Namen, nicht wahr?«

»Ja, Madam«, bestätigte Prinzessin Louise. »Meine Tochter wurde im Kreis der Familie von jeher Zorina genannt.«

Königin Victoria fand diesen Namen offenbar ein wenig auffallend, geradezu theatralisch. Sie hob die Augenbrauen.

»Nun, das mag für Leothia passen«, sagte sie schließlich. »In Zukunft wirst du also unter deinem dritten Namen bekannt sein, Victoria. Das ist unter den europäischen Thronanwärtern zumindest ein einzigartiger Name.«

»Vielen Dank, Madam.«

Da Zorinas Ton wenig Dankbarkeit verriet, begann Prinzessin Louise zu schwärmen: »Ich weiß nicht, wie ich Ihnen für Ihre Freundlichkeit danken soll, Madam. Wie wunderbar für Zorina, daß sie in ihrem Alter bereits Königin wird. Außerdem weiß ich, daß sie sehr glücklich ist, ihren eigenen Namen behalten zu dürfen, den ihr Vater für sie ausgewählt hat.«

»Das wäre also entschieden«, sagte die Königin zufrieden. »Und jetzt . . .«

Zorina unterbrach sie, ehe sie weiterreden konnte: »Bitte . . . Madam . . . wann werde ich den König sehen?«

Sie hoffte verzweifelt, daß sie einen Ausweg aus dieser geplanten Ehe finden würde, wenn sie ihn nicht mochte.

»Für seine Majestät ist es verständlicherweise unmöglich, selbst die Reise nach England anzutreten«, erklärte die Königin gereizt. »Er hat seinen Sohn als Vertreter geschickt. Du wirst ihn heute abend beim Dinner kennenlernen.«

»Ich würde gern Seine Majestät persönlich kennenlernen, bevor der Ehevertrag geschlossen wird«, beharrte Zorina.

»Das kommt nicht in Frage!« sagte die Königin verärgert. »Ich habe bereits alles arrangiert, daß du und deine Mutter in drei Wochen nach Leothia fahren könnt.«

Zorina stieß einen Laut des Entsetzens aus.

»In drei Wochen schon, Madam?«

Prinzessin Louise, die ihre eigensinnige Tochter kannte, mischte sich rasch ein. »Madam, ich bin sicher, daß Zorina lediglich an ihre Brautausstattung denkt. Drei Wochen geben uns nicht genügend Zeit, um Kleider anzufertigen, und wir haben nicht das Geld, teure Sachen zu kaufen«, sagte sie beinahe unterwürfig.

Sie war sich sehr wohl bewußt, daß sich Zorina innerlich gegen die Hast, mit der alles geschehen sollte, heftig wehrte.

»Die Brautausstattung sollte mein Hochzeitsgeschenk für Zorina sein«, sagte die Königin. »Ich hätte Ihnen das auch bereits mitgeteilt, wenn Sie mir nur die Gelegenheit dazu gegeben hätten.«

»Das ist sehr liebenswürdig von Ihnen, Madam.«

»Sie sollten wissen, Louise, daß ich das schon für eine ganze

Reihe von Bräuten getan habe. Und in diesem Fall ist es gewiß sinnvoller, als ihr ein Schmuckstück zu schenken. Ich bin sicher, daß in Leothia eine ganze Sammlung von Juwelen auf Zorina wartet.«

»Ich kann mich nur sehr, sehr herzlich bei Ihnen bedanken, Madam.«

»Und was diesen Unsinn betrifft, daß Zorina den König vor Abschluß des Ehevertrages kennenlernen will, so ist das ganz und gar unmöglich.«

Sie maß Zorina mit einem scharfen Blick, ehe sie fortfuhr: »Du solltest dich auf den Knien bedanken, daß du für eine so verantwortungsvolle Stellung ausgewählt wurdest und die Botschafterin deines Landes sein darfst.«

Sie machte eine kunstvolle Pause.

»Du wirst feststellen, daß die Briten in Leothia respektiert und bewundert werden, genau wie in den anderen Ländern, denen wir unsere Unterstützung angedeihen lassen und deren regierende Monarchen ich mit Gemahlinnen – Mitglieder meiner eigenen Familie – versorgt habe.«

In ihrer Stimme schwang eine nicht zu überhörende Selbstzufriedenheit mit.

»Ehe du fährst, möchte ich noch ein vertrauliches Gespräch mit dir führen, Zorina, damit du dir darüber bewußt wirst, was als Königin von Leothia von dir erwartet wird«, fügte sie hinzu. »Jetzt muß ich mich ein wenig ausruhen, bevor ich mit dem Premierminister spreche.«

»Ja, natürlich, Madam.« Prinzessin Louise stand auf. »Ich danke Ihnen noch einmal aus vollem Herzen für Ihre Freundlichkeit und Fürsorge.«

Sie knickste erneut und küßte die Hand der Königin. Zorina folgte dem Beispiel ihrer Mutter.

Königin Victoria betrachtete das junge Mädchen mit zusammengekniffenen Augen.

»Du bist ein hübsches Mädchen, Zorina, doch es ist wichtiger, Verstand zu besitzen. Ich erwarte von dir, daß du deine Intelligenz benutzt, wenn du in Leothia bist.«

»Ja, Madam.«

Zorina und ihre Mutter gingen rückwärts zur Tür. Nach einem letzten Knicks verließen sie das Zimmer.

Draußen stellte Zorina fest, daß die Hofdame und der Adjutant, die auf sie warteten, sie neugierig musterten. Die beiden wußten offenbar Bescheid. Seit feststand, daß sie Königin werden sollte, sahen sie sie in ganz anderem Licht.

Erst viel später erhielt sie die Gelegenheit, ihrer Mutter zu sagen, was sie empfand.

Zunächst führte sie die Hofdame in einen Salon, wo der Tee serviert wurde.

Hier gesellten sich eine zweite Hofdame und ein älterer Mann, der Vorstand des königlichen Haushaltes, wie Zorina erfuhr, zu ihnen.

Sie unterhielten sich freundlich mit Prinzessin Louise und ignorierten Zorina, die das nicht anders erwartet hatte. Da sie immer wieder neugierige Blicke in ihre Richtung warfen, konnte sie sich des Gefühls nicht erwehren, daß sie mehr oder weniger abgeschätzt wurde.

Erst als die Prinzessin bemerkte, sie würde sich gern vor dem Dinner etwas ausruhen und sie sei sicher, daß Zorina genauso empfände, konnten sie in ihre Schlafzimmer zurückkehren.

Sie waren kaum allein, als Zorina rief: »Das ist doch lächerlich, Mama! Ich kann keinen Mann heiraten, der beinahe sechzig ist! Er ist ja älter, als Papa heute wäre.«

Die Prinzessin schaute sich besorgt um, um sich zu vergewissern, daß die Tür geschlossen war.

»Ich weiß, das klingt beängstigend, Liebes, aber denk doch einmal daran, was das für dich bedeutet.«

»Das ist es ja, woran ich denke. Und aus diesem Grund mußt du der Königin begreiflich machen, daß ich diesen Mann nicht heiraten werde.«

»Zorina, Zorina«, seufzte ihre Mutter. »Wie kann man nur so dumm sein? Du sollst Königin werden. Das bedeutet, daß man dich bewundert und respektiert, daß du in einem Luxus leben wirst, den wir seit dem Tod deines Vaters nicht mehr gekannt haben.«

»Aber Mama, er wird mein Ehemann sein.«

Zorina konnte nur daran denken, daß der König, auch wenn er alt war, sie küssen und vielleicht berühren würde. Der Gedanke ließ sie erschauern.

Natürlich war es auch ihr Wunsch, eines Tages zu heiraten, aber nur einen jungen Mann, jemand wie Rudolf.

Im Geiste sah sie sein gutgeschnittenes Gesicht und hörte ihn mit seiner tiefen Stimme sagen, wie schön sie sei.

Sie wollte die Gewißheit haben, daß der Mann, den sie einmal heiratete, sie so erregte, wie Rudolf es tat.

»Ich kann ihn nicht heiraten, Mama!« rief sie.

Prinzessin Louise stieß einen Schreckenslaut aus.

»Aber du mußt, Zorina, du mußt! Verstehst du das denn nicht? Wenn du dich weigerst, wird die Königin uns vielleicht ächten und uns aus unserem Apartment in Hampton Court hinauswerfen. Dann gibt es keinen Ort, wo wir hingehen können.«

»Das kann nicht dein Ernst sein, Mama.«

»Sie kann uns schon morgen auf die Straße setzen. Dann

bliebe uns nichts anderes übrig, als bei meinem Bruder, deinem Onkel Lionel, unterzukriechen, der mir erst letzte Woche geschrieben hat, daß er Land verkaufen muß, weil er so knapp bei Kasse ist.«

Zorina schwieg betroffen. Sie setzte sich auf die Bettkante, weil sie plötzlich das Gefühl hatte, ihre Beine würden sie nicht länger tragen. Es sah so aus, als ob sie sich in das Unvermeidliche fügen mußte.

Die Königin hatte befohlen, und was immer sie dabei auch empfand, sie mußte gehorchen.

3

Während sich Zorina zum Dinner umzog, zerbrach sie sich immer noch den Kopf, ob es nicht doch eine Möglichkeit gab, Rudolf zu informieren, weshalb sie ihn am nächsten Morgen nicht treffen konnte.

Sie stellte sich vor, wie er frühzeitig eintraf und aus dem Fenster schaute wie beim ersten Mal, als sie mit ihm zusammengestoßen war. Er würde nicht begreifen, daß sie nicht kam, obwohl sie es doch versprochen hatte.

»Warum habe ich mich nicht erkundigt, wo er wohnt?« fragte sie sich wohl zum tausendsten Mal.

Da sie darauf keine Antwort wußte, versuchte sie, sich wenigstens über das neue Kleid zu freuen, das sie an diesem Abend tragen sollte.

Es war überaus kunstvoll gearbeitet – ihre Mutter hatte sich wirklich alle Mühe gegeben.

Das enganliegende Oberteil betonte ihre schmale Taille.

Chiffonvolants schmückten das Dekolleté und waren hinten am Rock zu einer kleinen Turnüre zusammengefaßt.

Bei einem so jungen Mädchen sah es unvorteilhaft aus, eine so große Turnüre zu tragen, wie es viele Frauen in London taten.

Prinzessin Louise mußte zugeben, daß ihre Tochter in ihrem neuen Abendkleid ganz bezaubernd aussah.

»Das Kleid ist wunderschön, Mama!« rief Zorina. »Du hast dich selbst übertroffen.«

Insgeheim wünschte sie, daß Rudolf sie darin sehen könnte.

Sie versuchte, ihre Angst vor der Zukunft und dem König, den sie heiraten sollte, zumindest für den Augenblick zu verdrängen und ihren Aufenthalt im Schloß möglichst zu genießen.

Es war die erste wichtige Dinnerparty, an der sie teilnahm.

Seit sie in England waren, hatte Prinzessin Louise ihre Tochter zweimal zu einem Besuch beim Herzog von Windermere mitgenommen.

Wenn sie ehrlich sein sollte, war Zorina, die an die Schönheit von Hampton Court gewöhnt war, enttäuscht gewesen.

Das Haus, das ihrem Onkel gehörte, war zwar groß, aber nicht besonders beeindruckend. Da der Herzog ständig in Geldschwierigkeiten steckte, konnte er nicht genügend Personal bezahlen, um ein so großes Haus in Ordnung zu halten. Dementsprechend sah es ein wenig heruntergekommen aus. Die Teppiche waren zerschlissen, die Vorhänge verblaßt und verschossen. Die Gemälde, von denen er zahlreiche besaß, bedurften dringend einer Reinigung.

Der Herzog und seine Frau beklagten sich bitterlich über die Unsummen, die ein solcher Besitz verschlang. Sie waren nicht in der Lage, ihre Freunde so zu bewirten, wie sie es gern getan hätten. Außerdem konnten sie es sich nicht leisten, Windermere House in London zu öffnen.

Prinzessin Louise hatte sich sehr gefreut, ihren Bruder wiederzusehen und ihre Neffen und Nichten kennenzulernen. Sie mußte aber bald feststellen, daß die Mädchen, die noch unverheiratet waren, Zorina voller Neid betrachteten.

Die Jungen, die sich hauptsächlich für Pferde und Hunde interessierten, zeigten wenig Neigung, sich mit dem ausländischen Mädchen – wie sie Zorina nannten, wenn sie unter sich waren – zu beschäftigen.

Ihre Besuche waren also nicht sonderlich erfolgreich gewesen.

Daher waren weder Prinzessin Louise noch Zorina enttäuscht darüber, daß die Einladungen nach Windermere in den letzten beiden Jahren ausgeblieben waren.

Um so aufregender fand Zorina es auf Schloß Windsor. Was die Dinnergesellschaft darüber hinaus zu einem ganz besonderen Ereignis werden ließ, war die Tatsache, daß sie zu ihren Ehren stattfand – worauf die Prinzessin sie ausdrücklich hingewiesen hatte. Zorina wurde also plötzlich eine Bedeutung zugemessen, die sie sich niemals hätte träumen lassen.

Andererseits hatte ihre Mutter sie wieder und wieder belehrt, wie sie sich bei Tisch zu benehmen habe, bis Zorina schließlich zu dem Schluß kam, es würde ihr weitaus mehr Spaß machen, mit Rudolf durch Hampton Court zu wandern.

»Vielleicht ist er ja übermorgen auch da«, tröstete sie sich.

Als auch die Prinzessin fertig war, gingen sie durch das Labyrinth von Korridoren, in dem sich schon so mancher Gast verirrt hatte.

Zorina erfuhr, daß sich ein Besucher, der zu Bett gehen wollte, derart verlaufen hatte, daß er gezwungen gewesen war, die Nacht auf einem Sofa in der State Gallery zu verbringen. Ein Dienstmädchen hatte ihn am Morgen gefunden, ihn für betrunken gehalten und einen Polizisten geholt.

Zorina amüsierte sich sehr über diese Geschichte. Noch komischer erschien ihr allerdings die Anekdote von dem Gentleman, der stundenlang in den Korridoren herumgewandert war und versucht hatte, sein Schlafzimmer wiederzuerkennen.

»Als er schließlich eine Tür öffnete, entdeckte er zu seinem Entsetzen die Königin und ihre Zofe, die ihrer Herrin gerade die Haare bürstete«, erzählte eine Hofdame.

»Das muß eine peinliche Situation gewesen sein!« rief Zorina.

»Das war es allerdings«, bestätigte die Hofdame. »Seitdem befürchtet jeder Neuling hier, ihm könnte ein ähnliches Mißgeschick zustoßen.«

Zum Glück bereitete es Prinzessin Louise keine Schwierigkeiten, den Weg zum Weißen Salon zu finden, wo sich die Gäste vor dem Dinner versammelten.

Es war ein schönes, großes Zimmer, von dessen bemalter Decke riesige Kronleuchter herunterhingen. Die Wände schmückten goldgerahmte Portraits der königlichen Familie. Die schweren vergoldeten Möbel schienen Zorina wie geschaffen für Könige und Königinnen.

Es waren schon mehrere Personen anwesend, als sie den Salon betraten. Der Lordkämmerer begrüßte sie und stellte der Prinzessin anschließend jeden Gast vor. Auf Zorina machten sie alle einen recht alten Eindruck.

Die Damen, die sich mit funkelnden Brillanten schmückten, waren kaum eindrucksvoller als die Herren in Kniehosen, deren Jacken mit Orden und Ehrenzeichen behängt waren.

Der eine oder andere trug auch das blaue Band des Hosenbandordens.

Während alle Anwesenden zuerst ihrer Mutter und dann ihr selbst die Hand schüttelten, hörte Zorina plötzlich den Lordkämmerer sagen:

»Und jetzt, Eure Königliche Hoheit, möchte ich Ihnen unseren Ehrengast vorstellen, den Abgesandten König Ottos von Leothia, Prinz Rudolf.«

Als der vertraute Name genannt wurde, schaute Zorina auf, um zu sehen, wer neben dem Lordkämmerer stand. Für einen Augenblick setzte ihr Herzschlag aus.

Es war Rudolf, obwohl er sich rein äußerlich von dem Mann unterschied, den sie heute morgen getroffen hatte.

Er trug eine weiße Uniformjacke mit goldenen Epauletten und zahlreichen Orden auf der Brust.

Aber er war es – ohne jeden Zweifel.

Während der Lordkämmerer sie einander vorstellte, trafen sich ihre Augen, und Zorina wußte, daß es ihn genauso überraschte, sie hier zu sehen, wie umgekehrt.

Als sie seine Hand berührte und für einen Augenblick vergaß zu knicksen, schien alles um sie herum zu verschwimmen, der Salon, die Gäste, der Lordkämmerer und ihre Mutter.

Nur noch Rudolf war da. Als Zorina ihn ansah, bemerkte sie, daß sich der Ausdruck in seinen Augen änderte.

Sie konnte sich hinterher nicht daran erinnern, worüber sie miteinander gesprochen hatten, jedenfalls schien es die Prinzessin zufriedengestellt zu haben.

Kurz darauf kam die Königin herein. Die Gäste stellten sich automatisch in einer Reihe auf, um vorgestellt zu werden oder sich zu verbeugen, wenn sie vorbeiging.

»Es kann nicht wahr sein«, sagte Zorina zu sich selbst, als

die Königin am Arm Prinz Rudolfs in den Speisesaal schritt, während sie selbst vom Lordkämmerer geleitet wurde.

»Ich muß träumen«, flüsterte sie unhörbar, als sie an der Tafel Platz nahmen, Rudolf rechts von der Königin, sie an seiner anderen Seite.

Ihre Mutter hatte sie gewarnt, daß ein Dinner in Anwesenheit der Königin einer Prüfung gleichkäme. Victoria erwartete von ihren Gästen, daß sie ganz leise sprachen, ja beinahe flüsterten.

»Wenn Ihre Majestät vom anderen Ende der Tafel her etwas hört, was sie für unangebrachte Heiterkeit, Gelächter oder Mangel an Feingefühl hält, gibt sie ihrer Mißbilligung sehr deutlich Ausdruck.«

»Das ist ja schrecklich, Mama.«

»O ja«, pflichtete Prinzessin Louise ihr bei, »zumal das unbehagliche Schweigen nach dem Essen anhält.«

Die Königin führte ein recht banal klingendes Gespräch mit Rudolf.

Die anderen Gäste an der Tafel unterhielten sich tatsächlich in einer Art Flüsterton, wie Zorina feststellte.

Sie konnte nicht anders, sie mußte zuhören, worüber die Königin mit Rudolf sprach, anstatt sich dem Gentleman an ihrer anderen Seite zu widmen.

Er schien schon sehr alt und recht taub zu sein.

Zorina bemerkte, daß die Königin am Handgelenk ein Brillantarmband trug, in dessen Mitte eine Miniatur des Prinzgemahls eingearbeitet war. Das erinnerte sie daran, daß Ihre Majestät den Mann geheiratet hatte, den sie liebte.

Ob sie es wohl verstehen würde, wenn sie ihr am nächsten Tag mitteilte, daß sie den König von Leothia nicht heiraten würde, weil er zu alt für sie war?

Dann fiel ihr ein, daß Victoria das Alter des Königs bereits als unwichtig abgetan hatte und daher nicht das geringste Verständnis für sie aufbringen würde.

Es gelang Zorina nur mit Mühe, ihrer Umgebung Aufmerksamkeit zu schenken und nicht mehr an sich selbst zu denken.

Die goldenen Platten, das schöne Sèvresporzellan, die zwei indischen Diener hinter dem Stuhl der Königin, das alles strahlte eine unwirkliche Atmosphäre aus.

Ein Hochländer schenkte den Wein ein. Das Dinner wurde sehr schnell serviert. Zorina hatte kaum das eine Gericht beendet, als auch schon das nächste vor ihr stand.

Dennoch zog sich das Mahl in die Länge. Es gab vier Sorten Fleisch zur Auswahl, einen heißen und einen kalten Pudding, Kuchen und alle möglichen Treibhausfrüchte.

Zorina merkte kaum, was sie aß, sie wartete nur auf den Augenblick, wo sie endlich mit Rudolf sprechen konnte.

Die Königin hatte ein Faible für junge Männer, besonders wenn sie gut aussahen. Es dauerte daher recht lange, bis sie sich dem Herrn an ihrer anderen Seite zuwandte.

»Das kann nicht wahr sein«, sagte Rudolf mit seiner tiefen Stimme leise.

»Das dachte ich auch, als ich Sie sah.«

»Warum haben Sie mir nichts gesagt?«

»Es schien nie genug Zeit zu sein.«

Sie schwiegen beide. Dann sagte er in schmerzlichem Ton: »Wie konnte ich wissen, wie konnte ich ahnen, wer Sie sind?«

Als Zorina ihm in die Augen sah, entdeckte sie den gleichen Ausdruck, den sie darin gelesen hatte, nachdem sie einander vorgestellt worden waren.

»Ich war traurig, weil ich nicht in der Lage sein würde, mich morgen mit Ihnen zu treffen«, flüsterte sie.

»Und ich hatte bereits beschlossen, mich hier früh zu empfehlen. Ich wollte Hampton Court rechtzeitig genug erreichen, um Sie dort wiederzusehen.«

Da gerade sein Glas gefüllt wurde, wartete er, bis der Lakai weitergegangen war, bevor er weiterredete.

»Haben Sie heute morgen schon gewußt, daß Sie hierherkommen würden?«

»Nein, natürlich nicht«, erwiderte Zorina. »Meine Nanny erwartete mich im Apartment des Prinzen, um mir mitzuteilen, daß ein Bote aus dem Schloß eingetroffen sei.«

»Und ich fand bei meiner Rückkehr eine Nachricht vor.«

»Sie haben mir nicht gesagt, wo Sie wohnen.«

»Ich wohne bei einer entfernten Verwandten, die mit einem britischen Botschafter verheiratet war und nach Hampton Court zog, ehe ich geboren wurde. Sie ist schon sehr alt, und es war etwas, was Sie einen Pflichtbesuch nennen können.«

»Hat es Sie nicht gestört, daß man Sie früher als erwartet nach Schloß Windsor gerufen hat?«

»Es hat mich sogar sehr gestört, weil ich Sie verlassen mußte.«

Die Art, wie er redete, ließ Zorina innerlich erbeben.

»Ich muß Sie allein sprechen«, sagte er, als ob er ihre Regung gespürt hätte.

»Sie wissen, daß das unmöglich ist.«

»Es muß sein!«

»Aber wie? Was können wir tun?«

Zorina warf einen nervösen Blick über Rudolfs Schulter, stellte aber zu ihrer Erleichterung fest, daß die Königin sich noch mit dem Herrn an ihrer Seite unterhielt. Dennoch war sie sich bewußt, daß verschiedene Augenpaare sie vom anderen Ende der Tafel her beobachteten. Sie vermutete, daß einige Gäste bereits rätselten, worüber sie und Rudolf wohl sprachen.

»Ich finde einen Weg, wie wir uns treffen können«, sagte er, als ob er ihre Gedanken gelesen hätte. »Überlassen Sie das mir.«

Zorina hätte ihm am liebsten erwidert, daß sie nur zu gern alles ihm überlassen würde.

Während sie sich beinahe automatisch von dem nächsten Gang bediente, erinnerte sie sich plötzlich daran, daß Rudolf in Vertretung des Königs von Leothia hier war.

Es war ausgerechnet sein Vater, den sie heiraten sollte!

Die ganze Situation erschien ihr unwirklich, geradezu phantastisch: Die lange Tafel vor ihr, die funkelnden Juwelen der Damen, die Anmaßung der ordensgeschmückten Herren, Rudolf neben ihr und die Aussicht, seinen Vater zu heiraten.

Es ist nur ein Traum, dachte sie. Ich werde aufwachen, feststellen, daß gar nichts geschehen ist, und auf dem Weg zu meinen Unterrichtsstunden wieder durch die leeren Staatsgemäuer des Palastes wandern.

Es war Viertel vor elf, als das Dinner endlich beendet war. Die Königin erhob sich und ging vom Speisesaal in einen kleineren Raum hinüber, in dem Kaffee und Liköre serviert wurden. An einem Ende stand ein kleiner Tisch mit einem Stuhl dahinter, auf dem Victoria Platz nahm.

Sie trank ihren Kaffee, während ein Page ein goldenes Tablett hielt, auf dem die Untertasse stand.

Die Gäste, die in beträchtlicher Entfernung einen Kreis bildeten, unterhielten sich im gleichen gedämpften Ton wie im Speisesaal.

Die Königin winkte Prinzessin Louise zu sich heran. Nachdem sie einige Zeit mit ihr gesprochen hatte – über Leothia, wie Zorina annahm –, wurde Rudolf an ihre Seite gerufen. Bei ihm wurde die Königin lebhaft. Sie lächelte, lachte sogar.

Anschließend begaben sich alle Gäste wieder in den Weißen Salon, wo Victoria den einen oder anderen ins Gespräch zog.

Als sich Rudolf schließlich zu Zorina gesellte, schien es fast selbstverständlich zu sein, daß sie sich ein wenig von den anderen Gästen entfernten.

»Hören Sie«, sagte er so leise, daß nur sie ihn verstehen konnte. »Ich erinnere mich, daß sich gegenüber von Ihrem Schlafzimmer ein kleiner Wohnraum befindet.«

Zorina sah ihn so verwundert an, daß er schnell erklärte: »Ich war vor drei Jahren schon einmal mit meiner Mutter hier und habe herausgefunden, daß Sie das gleiche Zimmer bewohnen wie sie damals.«

Er machte eine kleine Pause, ehe er weitersprach.

»Wenn Sie sich zurückziehen, warten Sie, bis Sie glauben, daß alle in ihren Schlafzimmern sind, und kommen dann in dieses Wohnzimmer hinüber.«

Zorina warf einen ängstlichen Blick auf ihre Mutter. Ihr war nur allzu klar, wie ärgerlich sie sein würde, wenn sie auch nur eine Ahnung von dem hätte, was da vor sich ging.

»Ich muß einfach mit Ihnen sprechen«, beharrte Rudolf. »Nachdem die Königin die ganze Angelegenheit derart beschleunigt, muß ich vielleicht schon morgen abreisen.«

»Wohin?«

»Ich werde eine Nacht in London bleiben und dann in den Norden fahren, um einige Geschäfte zu erledigen, mit denen mein Vater mich beauftragt hat.«

Zorina fiel es schwer zu begreifen, was er sagte. Er war plötzlich ganz anders als an den beiden vergangenen Tagen, als sie sich so ungezwungen mit ihm unterhalten hatte.

»Werden Sie kommen?« fragte er.

»Ja . . . Ich werde es versuchen.«

Mit dieser Antwort mußte er sich zufriedengeben.

Da er wußte, daß sie ins Gerede kommen würden, wenn sie noch länger zusammenblieben, wandte er sich vollkommen natürlich an die Dame, die in ihrer Nähe stand.

»Ich habe gerade Prinzessin Zorina erzählt, wie schön mein Heimatland ist, Herzogin. Sie haben Leothia besucht und können sicher bestätigen, daß ich nicht übertreibe.«

»Ganz bestimmt nicht, Königliche Hoheit«, lächelte die Herzogin. »Ich bin sicher, daß die Prinzessin Ihr Land, falls sie jemals dort hinkommt, faszinierend finden wird.«

Als hätte die Herzogin Königin Victoria, die sich auf der anderen Seite des Salons aufhielt, ein Stichwort gegeben, kündigte der Lordkämmerer an, daß Ihre Majestät ein paar Worte sprechen wolle.

Es wurde sofort still. Die Königin maß Zorina mit einem schnellen Blick und begann:

»Ich denke, den meisten von Ihnen ist bereits bekannt, daß die Dinnergesellschaft heute abend zu Ehren Seiner Königlichen Hoheit, des Prinzen Rudolf von Leothia, der als Stellvertreter seines Vaters bei uns weilt, aus einem ganz besonderen Anlaß stattgefunden hat. Seine Majestät König Otto hat von mir die Erlaubnis erhalten, in meine Familie einzuheiraten.«

Zorina glaubte zu hören, daß einige Anwesende leise Laute des Erstaunens ausstießen. Die Königin fuhr fort:

»Ich habe mit größter Freude einer Heirat zwischen Seiner Majestät König Otto und Ihrer Königlichen Hoheit Prinzessin Zorina – wie sie in Zukunft heißen wird – von Parnassos zugestimmt.«

Jetzt war unüberhörbar überraschtes und aufgeregtes

Gemurmel zu vernehmen. Die Königin hatte offenbar das Gefühl, unterbrochen worden zu sein. In scharfem Ton wandte sie sich an Zorina.

»Komm her, Zorina!«

Zorina ging schüchtern zu ihrem Stuhl hinüber und machte einen tiefen Knicks.

»Nun bist du also offiziell verlobt«, sagte die Königin. »Ich habe bereits arrangiert, daß die Ankündigung morgen im Hofblatt erscheint.«

Zorina wußte, daß sie in einer Falle gefangen war, aus der es keinen Ausweg gab. So absurd es auch sein mochte, aber sie konnte sich des Eindrucks nicht erwehren, daß die Königin sich ihrer innerlichen Rebellion bewußt gewesen war und auf ihre Weise versuchte, dem einen Riegel vorzuschieben.

Der Lordkämmerer ergriff das Wort. »Da wir alle ein Glas in der Hand haben, schlage ich vor, daß wir auf das zukünftige Glück Ihrer Königlichen Hoheit Prinzessin Zorina trinken und Seiner Majestät König Otto unsere wärmsten Glückwünsche übermitteln lassen, daß er eine so reizende und hübsche Engländerin zur Braut gewonnen hat.«

Zustimmendes Gemurmel ertönte, die Gläser wurden erhoben.

Zorina, die neben der Königin stand, schaute unwillkürlich zu Rudolf hinüber. Er hielt sein Glas völlig korrekt in der Hand, trank jedoch nicht.

Kein Zweifel – er empfand das gleiche wie sie. Sie befanden sich mitten in einem Strudel, aus dem es kein Entkommen gab. Zorina öffnete vorsichtig ihre Schlafzimmertür. Sie hatte Angst, unbeschreibliche Angst. Dabei wußte sie, daß nicht einmal Soldaten mit geschwungenen Säbeln sie daran hindern konnten, zu Rudolf zu gelangen.

Da Nanny gewartet hatte, um Prinzessin Louise und Zorina beim Auskleiden zu helfen, hatte Zorina keine Chance gehabt, angezogen zu bleiben.

Daher war ihr nichts anderes übriggeblieben, als ihr Nachthemd mit dem Morgenmantel aus blauer Wolle zu verhüllen, den sie schon seit fünf Jahren trug.

Der Morgenmantel war ein wenig zu kurz und zu eng, doch seine Farbe schien den Rotton ihrer Haare im Licht der Kerze, die sie in der Hand trug, noch zu vertiefen. Ihre Augen waren größer als gewöhnlich.

Ein Blick auf den Korridor zeigte, daß es draußen nicht so dunkel war, wie sie erwartet hatte.

In den silbernen Wandleuchtern brannten einige Kerzen, die ihre eigene unnötig machten.

Sie stellte sie in ihrem Zimmer auf einem Tischchen ab, ging wieder zur Tür und spähte nach links und nach rechts, um sich zu vergewissern, daß niemand in der Nähe war.

Als sie und ihre Mutter ihre Schlafzimmer aufgesucht hatten, hatte Zorina nach dem kleinen Wohnraum Ausschau gehalten, von dem Rudolf gesprochen hatte. Die Tür stand halb offen, und sie hatte einen flüchtigen Blick hineinwerfen können.

Es hatte nur eine einzelne Kerze gebrannt, doch als sie jetzt die Tür öffnete, fand sie den Raum hell erleuchtet vor.

Rudolf trug noch seine Uniform mit den Orden. Er stand vor dem Kamin und schaute ihr erwartungsvoll entgegen.

Zorina trat schnell ein und machte die Tür hinter sich zu.

Ein paar Sekunden lang sprach keiner ein Wort.

»Sie sind wirklich gekommen«, sagte Rudolf schließlich. »Ich kann es fast nicht glauben, daß Sie so mutig und so wunderbar sind.«

»Ich habe Angst«, erwiderte Zorina mit kleiner Stimme.

Er ging auf sie zu, während sie regungslos stehen blieb.

Zorina glaubte zuerst, er wolle sie in die Arme nehmen. Doch statt dessen drehte er sich um und verschloß die Tür.

Als er ihre Hand nahm und sie zum Sofa zog, erbebte sie unter seiner Berührung.

»Mein Liebling, wie konnte uns das nur geschehen?« fragte er, nachdem sie sich nebeneinander hingesetzt hatten.

Statt einer Antwort starrte ihn Zorina überrascht an.

»Was hat es für einen Sinn, uns zu verstellen«, seufzte er. »Ich habe mich auf den ersten Blick in Sie verliebt und den ganzen Tag an nichts anderes gedacht, als so schnell wie möglich in den Palast zu eilen und Ihnen meine Liebe zu gestehen.«

»So etwas . . . dürfen Sie . . . nicht sagen«, stammelte Zorina.

Dabei hatte sie das Gefühl, als ob in ihr ein Licht entzündet worden wäre und ihr ganzer Körper zum Leben erwachte.

Rudolf liebte sie!

Als sie in sein markantes, gutaussehendes Gesicht sah, das dem ihren so nahe war, wurde ihr plötzlich bewußt, was ihr bisher nicht klar gewesen war – daß sie ihn ebenfalls liebte.

»Als ich heute Hampton Court verließ, um hierherzukommen, war ich nur von einem einzigen Gedanken beseelt: So schnell wie möglich zurückzukehren und Ihnen von meiner Liebe zu erzählen.«

Zorina stieß einen kleinen Laut aus, der beinahe wie der Schmerzensschrei eines Tieres klang.

»Sie begreifen doch wohl, daß es nichts gibt, was wir tun können?« sagte er leise.

»Nichts«, bestätigte sie.

Rudolf redete weiter, als ob er sich die Ausweglosigkeit ihrer Situation selbst noch einmal vor Augen führen müßte.

»Hätte ich mich korrekt verhalten, so hätte ich meine Gefühle selbstverständlich vor Ihnen verborgen. Vermutlich hätten Sie nicht einmal geahnt, was ich empfinde.«

»Ich weiß doch, was ich fühle«, flüsterte Zorina.

Sie sah ihm in die Augen, während sie sprach, und hoffte, er würde die Arme um sie legen. Wenn er sie dann küßte, wäre es das Wunderbarste, was ihr je geschehen konnte. Sie war selbst ganz überrascht welche Gedanken ihr durch den Kopf gingen.

Aber statt dessen stand er auf.

»Ich benehme mich abscheulich, ja unentschuldbar!« sagte er rauh. »Sie müssen mir verzeihen.«

»Es gibt nichts zu verzeihen«, erwiderte sie leise.

»Alles, was ich weiß, ist, daß ich Sie liebe. Ich hadere mit dem Schicksal oder auch den Göttern, daß sie das zugelassen haben.«

Zorina hielt den Atem an.

In seiner Stimme schwang eine unbeschreibliche Qual mit, wie sie sie in ihrem ganzen Leben noch nie gehört hatte.

»Die Königin hat mich heute darüber informiert, daß ich König Otto heiraten muß«, erklärte sie zögernd. »Ich habe Mama gesagt, daß ich das nicht tun kann.«

»Was hat Ihre Mutter geantwortet?«

»Daß mir keine andere Wahl bleibt. Andernfalls würde die Königin sehr böse werden und uns vielleicht aus unserer Wohnung jagen. Wir wissen nicht, wohin wir uns dann wenden sollen.«

»Es ist mir unerträglich, Sie in einer solchen Lage zu wissen!« rief Rudolf.

»Leider ist es so. Mama ist so unglücklich, seit Papa gestorben ist. Wir sind schrecklich arm. Vielleicht verstehen Sie jetzt, weshalb sie sich so freut, daß ich einen bedeutenden Mann heiraten soll.«

»Und Sie? Wie denken Sie darüber?«

Seine Stimme klang hart, und Zorina hatte den Eindruck, daß er sie am liebsten angeschrien hätte.

»Ich habe Angst, und ich weiß, daß ich Sie liebe«, erwiderte Zorina, während ihr Tränen über die Wangen liefen.

Rudolf kniete neben ihr nieder.

»Mein Schatz, mein Liebling, weinen Sie nicht«, bat er. »Ich ertrage es nicht, Sie so unglücklich zu sehen. Eher würd ich mich umbringen, als Ihnen weh zu tun.«

»Wie konnte uns das nur geschehen?« fragte sie, wie er es zuvor getan hatte.

Er betrachtete ihre Hand, die er in der seinen hielt.

»Wenn ich schon gekreuzigt werden muß, dann am liebsten Ihretwegen«, sagte er nach einer Weile.

»Wie kann ich Ihren Vater heiraten, wenn ich doch Sie liebe?«

Zorina merkte sofort, daß es besser gewesen wäre, diese Frage nicht zu stellen, da sie ihn zu sehr verletzte.

Er legte sanft ihre Hand in ihren Schoß und stand auf. Dann ging er zu der Stelle zurück, an der er vorher gestanden hatte, den Rücken dem Kamin zugewandt.

»Ich habe immer gewußt, daß man dafür bestraft wird, wenn man von königlichem Blute ist«, sagte er mit einem verhaltenen Stöhnen. »Doch da ich nicht der älteste Sohn bin, habe ich geglaubt, mir würde es erspart bleiben, aus irgendwelchen zweckdienlichen Gründen eine Ehe mit einer Prinzessin eingehen zu müssen, die mich genausowenig heiraten wollte wie ich sie. Und diese Gefahr droht mir ja auch tatsächlich nicht«, setzte er zynisch hinzu.

Zorina hörte betroffen zu. Tränen liefen ihr übers Gesicht, die sie mit einer rührend kindlichen Bewegung wegwischte.

»Als ich Sie kennenlernte, dankte ich dem Himmel, daß ich politisch gesehen vollkommen bedeutungslos bin«, fuhr er fort. »Ich dachte zwar, es könnte schwierig werden, die Einwilligung meines Vaters zu einer Heirat zu bekommen, war aber entschlossen zu kämpfen, und zwar mit jeder verfügbaren Waffe.«

Er schwieg einige Augenblicke und schaute Zorina zärtlich an.

»Falls man mir tatsächlich die Genehmigung verweigert hätte, so wollte ich meinen Rang ablegen, Leothia verlassen und irgendwo anders auf der Welt leben. Da sehen Sie, wie sehr ich Sie liebe, Zorina.«

Er zögerte, dann fragte er: »Wären Sie mit mir gekommen?«

Zorina antwortete spontan: »Sie wissen, daß ich das getan hätte. Ich würde es auch jetzt am liebsten noch tun.«

»Sagen Sie das nicht!« rief Rudolf. »Um Himmels willen, sagen Sie das nicht!«

Er wandte den Blick ab.

»Ich wünschte, ich könnte Sie darum bitten, mein Instinkt sagt mir, daß ich es tun sollte – wenn da nicht eine Tatsache wäre, die ich nicht ignorieren kann und darf.«

»Und was ist das?«

»Ich liebe mein Heimatland und weiß, wie wichtig Sie in diesem Augenblick für Leothia sind.«

»Weil ich Engländerin bin?«

»Weil die Königin von England Sie auserkoren hat, weil

hinter Ihnen die Macht der englischen Krone steht, weil durch Sie unsere Monarchie gestärkt wird.«

Zorina stieß einen kleinen Schrei aus und hob die Hände.

»Warum ausgerechnet ich?« fragte sie. »Warum kann Ihr Vater nicht meine Mutter heiraten? Sie ist ebenfalls Engländerin – mehr als ich.«

Sie dachte zuerst, er würde nicht antworten. Dann schien er sich dazu zu zwingen.

»Mein Vater bevorzugt eine junge Königin, um seine Familie zu vergrößern, die bislang nur aus zwei Söhnen besteht. Er wünscht nicht nur, seine Nachfolge zu sichern. Ihm liegt auch daran, daß die Königsfamilie von Leothia an den anderen europäischen Fürstenhöfen akzeptiert wird.«

Zorina begriff nicht sofort, was er meinte. Doch plötzlich kam ihr die Tragweite seiner Worte zu Bewußtsein. Wenn sie den König heiratete, würde er, so alt er auch sein mochte, erwarten, daß sie ihm Kinder schenkte.

Da sie noch vollkommen unschuldig war, hatte sie keine Ahnung, was zwischen einem verheirateten Mann und seiner Frau vor sich ging. Sie wußte nur, daß es etwas sehr Intimes und Persönliches sein mußte.

Wenn schon der Gedanke sie entsetzt hatte, der König könnte sie küssen, eröffnete sich ihr nun eine neue, weitaus erschreckendere Dimension.

»Ich kann ihn nicht heiraten!« rief sie. »Wie können Sie das von mir erwarten, obwohl Sie wissen, daß ich Sie liebe?«

»Wir sollten darüber nicht sprechen«, erwiderte Rudolf, »aber früher oder später müßte es wohl geschehen.«

Als Zorina nur dastand und ihn anstarrte, fuhr er eindringlich fort: »Wir können beide nur unser Schicksal akzeptieren. Es gibt keinen Ausweg.«

»Ich kann es nicht!«

»Sie haben keine andere Wahl. Das ist die Strafe, Zorina, von der ich eben sprach – die Buße, die wir auf uns nehmen müssen, weil wir königliches Blut in unseren Adern haben.«

Er sah sie an, dann wandte er den Blick ab.

»Ich werde Sie zu meinem Vater bringen«, sagte er. »Doch ich kann unmöglich bleiben und zuschauen, wie Sie mit meinem Vater zusammenleben. Gleich nach der Hochzeit werde ich das Land verlassen.«

»Wohin wollen Sie gehen?«

»Spielt das eine Rolle? Weit weg – zum Gipfel des Himalaya . . . Irgendwohin, wo ich nicht in Ihrer Nähe bin, Ihre Schönheit nicht sehen und Ihre Stimme nicht hören muß.«

Die letzten Worte brachte er nur mit zitternder Stimme heraus.

Er ging zum Fenster und schob die Vorhänge zur Seite, als ob er frische Luft brauchte, um atmen zu können.

»Gehen Sie zu Bett, Zorina, und versuchen Sie, mich zu vergessen. Sie sind zu jung, um zu verstehen, daß es mich beinahe übermenschliche Anstrengung kostet, mich zu beherrschen.«

»Ich kann Sie jetzt nicht allein lassen, wo wir beide so unglücklich sind.«

»Wenn Sie bleiben, wird die Versuchung vielleicht zu groß für mich. Ich bemühe mich, mich wie ein Gentleman zu benehmen, wie die Engländer es nennen, aber ich bin kein Engländer, Zorina.«

Er machte eine Pause, als ob er nach den richtigen Worten suchen müßte.

»In meiner Heimat sind wir zu großer Leidenschaft fähig. Wir brennen wie das Feuer der Sonne.«

Zorina war verwirrt und gleichzeitig tief bewegt von der Qual, die in seiner Stimme mitschwang und die ihr zeigte, daß er unerträglich litt.

»Ich sehne mich nach Ihnen«, flüsterte Rudolf. »Ich möchte Sie in meinen Armen halten und küssen, bis Sie um Gnade flehen. Ich möchte durch die Glut, die mich verzehrt, ein Feuer in Ihnen entfachen, das nie erlöscht.«

Er stieß einen Laut aus, der einem Schluchzen nahe kam.

»Heute morgen, als wir uns trafen, hätte ich bei Gott dem Allmächtigen geschworen, daß wir für einander bestimmt sind und nichts uns trennen kann.«

Seine bisher gedämpfte Stimme wurde lauter.

»Es ist zu spät, Zorina, hören Sie, es ist zu spät. Um Himmels willen, so gehen Sie doch endlich und lassen mich allein!«

Zorina zitterte am ganzen Körper. Seine letzten Worte verrieten eine Verzweiflung, die aus der Tiefe seines Herzens kommen mußte. Sie begriff, daß sie ihn sich selbst überlassen mußte.

Eine wahre Tränenflut lief über ihre Wangen.

Sie stand hilflos da und mußte zusehen, wie er mit beiden Händen ein Stück Vorhang umklammerte, als ob er sich festhalten müßte.

Als sie den Anblick nicht länger ertragen konnte, drehte sie sich um und ging zur Tür. Nachdem sie den Schlüssel herumgedreht hatte, wandte sie sich noch einmal um und sagte sanft: »Ich liebe Sie von ganzem Herzen und werde nie einen anderen Mann lieben.«

Dann rannte sie in ihr Zimmer zurück, wo sie sich aufs Bett warf und verzweifelt schluchzte, bis sie vollkommen erschöpft war.

4

Als Zorina und ihre Mutter am nächsten Morgen Schloß Windsor verließen, war von Rudolf nichts zu sehen.

Prinzessin Louise war bei dem Gedanken an die Brautausstattung ihrer Tochter schrecklich aufgeregt.

Mit Hilfe einer der Hofdamen hatte sie es bereits arrangiert, daß die besten Schneiderinnen, die auch von der Königin bevorzugt wurden, nach Hampton Court kommen sollten, um sich ihre Aufträge abzuholen.

»Wir müssen auch in der Bond Street einkaufen gehen«, sagte die Prinzessin. »Jetzt werde ich dich endlich so elegant angezogen sehen, wie ich es mir immer gewünscht habe.«

Zorina konnte den Vorbereitungen für ihre Hochzeit natürlich nicht das Geringste abgewinnen.

Alles, woran sie denken konnte, war die Qual, die sie in der vergangenen Nacht aus Rudolfs Stimme herausgehört hatte, und die trostlose Zukunft, die vor ihnen lag.

Er hatte die Wahrheit gesprochen, als er angekündigt hatte, Leothia zu verlassen, sobald sie verheiratet sei – dessen war sie sicher. Der Gedanke, in einem fremden Land zu leben, wo es niemanden gab, der sie liebte, erschreckte sie zutiefst.

»Ich finde, dieser Prinz Rudolf ist ein charmanter junger Mann«, sagte Prinzessin Louise in diesem Moment. »Er wird sich auf der Reise bestimmt hervorragend um uns kümmern und dich über alles informieren, was dich bei deiner Ankunft in Leothia erwartet.«

Zorina schwieg beharrlich.

»Vom Lordkämmerer habe ich erfahren, daß wir in großem Stil reisen werden – in einem Salonwagen, der an den Expreßzug angehängt wird. Ich muß gestehen, daß ich mich darauf schon sehr freue«, plauderte die Prinzessin munter weiter.

Sie lachte glücklich.

»Es sieht so aus, als ob ich ebenfalls ein neues Kleid benötige. Du sollst dich doch deiner Mutter nicht schämen müssen.«

»Das ist unmöglich«, versicherte Zorina rasch. »Mama, du bist so schön. Warum kannst du nicht an meiner Stelle den König heiraten?«

Zorina kannte die Antwort nur zu gut, doch sie hatte ihrer Mutter ein Kompliment machen wollen.

Bei der Erinnerung an Rudolfs Erklärung, daß der König sich Kinder wünschte, lief ihr ein kalter Schauer über den Rücken.

»Ich habe gestern nacht einen alten Freund getroffen«, erzählte Prinzessin Louise, die ihren eigenen Gedanken nachhing. »Als dein Vater und ich ihn in Griechenland kennengelernt haben, war er noch ein junger Diplomat.«

Nach einer kleinen Pause fuhr sie fort: »Und jetzt hat er mir erzählt, daß er zum neuen britischen Botschafter in Leothia ernannt worden ist.«

Sie lächelte ihre Tochter an.

»Ich werde ihn darum bitten, sich um dich zu kümmern. Du kannst ihn um Rat fragen, wenn du in Schwierigkeiten sein solltest.«

Zorina wußte, daß sie ihre Probleme mit niemandem, höchstens mit ihrer Mutter, besprechen konnte. Aber es hatte keinen Sinn, darüber zu reden. Ihr war zumute, als ob sie von einer Welle davongetragen würde. Ehe sie sich versah, würde sie sich in Leothia wiederfinden.

Ihre nächsten Tage waren so mit den Vorbereitungen für

ihre Brautausstattung ausgefüllt, daß sie keine Zeit zum Grübeln hatte.

Wenn sie abends ins Bett ging, schlief sie ein, kaum daß ihr Kopf das Kissen berührte.

Trotzdem verließ sie jeden Morgen, bevor die Prinzessin zum Frühstück kam, heimlich ihr Apartment, um in die Cartoon Gallery zu laufen. Das geschah nur für den Fall, daß Rudolf dort wundersamerweise auf sie warten würde.

Leider erwies es sich als vergebliche Hoffnung. Mit Tränen in den Augen stand sie dann am Fenster und starrte in den Garten.

Im Geiste sah sie sein Gesicht, hörte seine Stimme und spürte die Schwingungen zwischen ihnen wie an dem Tag, als sie gemeinsam durch den Palast gewandert waren.

»Ich liebe ihn«, flüsterte sie. »Ich bin sicher, daß ich keinen anderen Mann jemals so anziehend finden werde wie ihn.«

Dann hörte sie ihn plötzlich sagen: »Wir können beide nur unser Schicksal akzeptieren. Es gibt keinen Ausweg.«

Aber er liebte sie doch auch.

Zorina rief sich immer wieder seine leidenschaftlichen Worte in Erinnerung:

»Ich sehne mich nach Ihnen. Ich möchte Sie in meinen Armen halten und küssen, bis Sie um Gnade flehen. Ich möchte durch die Glut, die mich verzehrt, ein Feuer in Ihnen entfachen, das nie erlöscht.«

So hatte sie sich die Liebe immer vorgestellt – allmächtig und unwiderstehlich.

Statt dessen mußte sie einen alten Mann heiraten, weil er Kinder von ihr haben wollte.

»Du bist blaß, Liebes«, sagte Prinzessin Louise eines Morgens. »Ich weiß, wie anstrengend diese vielen Anproben und das lange Stehen sind. Denk einfach daran, wie wunderschön du aussiehst, wenn du in Leothia ankommst.«

»Wunderschön für wen?« hätte Zorina gern gefragt, obwohl sie die Antwort kannte.

Zum ersten Mal im Leben war sie so etwas wie eine wichtige Persönlichkeit.

Der Marquis von Salisbury, Premierminister und gleichzeitig Staatssekretär im Auswärtigen Amt, kam in den Hampton Court Palast, um mit ihr zu sprechen.

Zu ihrer Überraschung teilte er ihrer Mutter mit, daß er gern allein mit Zorina reden würde. Er nahm wohl an, daß sie sich gehemmt fühlen würde, wenn bei dem Gespräch noch jemand anwesend wäre.

»Ich glaube, Ihre Majestät die Königin hat Ihnen bereits erklärt, wie wichtig Leothia als Pufferstaat zwischen vier anderen Ländern ist«, begann der Marquis.

»Ja, Mylord.«

»Es wäre eine große Hilfe für uns, wenn Sie den König davon überzeugen könnten.«

Zorina sah ihn erstaunt an.

»Ist sich Seine Majestät dessen denn nicht bewußt?«

Es kam ihr vor, als ob es dem Marquis schwerfiele, darauf zu antworten.

»Ihnen ist doch bestimmt das Sprichwort bekannt, daß jemand den Wald vor lauter Bäume nicht sieht! Um es anders auszudrücken, Königliche Hoheit: Diejenigen, die Probleme aus einer gewissen Distanz heraus betrachten, verfügen oft über einen besseren Überblick als diejenigen, die direkt damit konfrontiert sind.«

Zorina verstand, was er damit sagen wollte. Nach kurzem Nachdenken fragte sie: »Wenn Sie ganz ehrlich sind, Mylord, glauben Sie dann tatsächlich, daß der König meinen Ideen und Meinungen auch nur die geringste Beachtung schenken wird?«

Der Marquis antwortete erst, nachdem er sich von seiner Überraschung erholt hatte.

»Ich bin sicher, daß es einer so schönen und intelligenten jungen Frau nicht schwerfallen wird, Seine Majestät oder wen auch immer zu veranlassen, sich wenigstens anzuhören, was Sie zu sagen haben.«

»Hoffentlich haben Sie recht«, erwiderte Zorina leise. »Es erschreckt mich ein bißchen, daß Sie so viel von mir erwarten, nur weil ich eine halbe Engländerin bin.«

»Das bedeutet immerhin, daß Sie die Unterstützung Ihrer Majestät und meines Kabinetts haben«, erklärte er in festem Ton.

»Unglücklicherweise sind Sie ziemlich weit entfernt«, stellte Zorina trocken fest.

»Ich bin sicher, daß Sie unseren Botschafter, Lord Melbray, sehr hilfreich finden werden«, erwiderte der Marquis. »Wie ich von Ihrer Mutter erfahren habe, ist er ein alter Freund Ihrer Familie.«

Zorina schwieg, und er fuhr fort: »Es ist sehr schade, daß Lord Melbrays Gattin gestorben ist. Sie hätten diese wunderbare Frau gewiß genauso gern gemocht, wie wir alle. Soviel ich weiß, lebt eine Reihe englischer Damen in Leothia, von denen Sie sich eine als Hofdame auswählen können.«

Das war ein weiterer Aspekt ihrer neuen Stellung, den Zorina noch nicht bedacht hatte. Als Königin würden ihr Hofdamen zur Verfügung stehen, die sich um ihr Wohlbefinden kümmerten.

Allerdings befürchtete sie, damit noch stärker in ihrer Bewegungsfreiheit eingeschränkt zu werden.

Der Marquis erzählte ihr, daß er Leothia schon einmal besucht habe. Er beschrieb die Schönheit der Berge und die Freundlichkeit seiner Bewohner, die sich besonders in den Grenzgebieten durch Heirat mit den Menschen aus den Nachbarländern vermischt hatten.

»In einer Beziehung bin ich mir meiner Sache sicher«, erklärte Zorina. »Mit der Sprache werde ich keine Schwierigkeiten haben. Ich spreche fließend Österreichisch und verfüge über Grundkenntnisse in Rumänisch.«

Ein wenig beschämt über ihre Prahlerei, plauderte sie dennoch weiter.

»Serbisch ist etwas schwerer, doch all diese Sprachen haben etwas mit dem Griechischen gemein, was es mir natürlich leichter macht.«

»Mir wurde bereits berichtet, wie sprachbegabt Sie sind«, erwiderte der Marquis. »Ich übertreibe nicht, wenn ich behaupte, daß keine der Verwandten Ihrer Majestät, die in letzter Zeit geheiratet haben, soviel Intelligenz besitzt, wie man Ihnen nachsagt.«

Zorina nahm das Kompliment lächelnd entgegen.

Sie war sich sehr wohl bewußt, daß der Marquis alles in seiner Macht Stehende tat, um ihr die Stellung als Königin von Leothia schmackhaft zu machen. Andererseits hatte sie das unbehagliche Gefühl, daß es vieles gab, worüber er sie im unklaren gelassen hatte. Zum Beispiel war er allen Fragen, die den König direkt betrafen, gekonnt ausgewichen. Doch das merkte sie erst, als er schon wieder gegangen war.

Der Marquis hatte mehr oder weniger zugegeben, daß König Otto sich politisch nicht so verhielt, wie es die Engländer wünschten.

Zorina überlegte, ob sie es wohl während der Reise wagen

sollte, mit Rudolf offen über seinen Vater zu sprechen, und ob er mutig genug wäre, ihre Fragen wahrheitsgemäß zu beantworten.

Obwohl es Zorina einerseits schien, als ob die drei Wochen bis zu ihrer Abreise nach Leothia nur so vorbeiflogen, weil es so viel zu tun gab, vergingen sie andererseits unerträglich langsam. Sie wußte zwar, daß es falsch war, aber sie zählte die Stunden, bis sie Rudolf wiedersehen würde.

Schließlich wurden auch die letzten Schachteln, die Zorinas Brautausstattung enthielten, in ihrem Apartment abgeliefert.

Nanny brummte zwar, daß sie auch nur zwei Hände habe, packte aber alles mit sichtlichem Eifer und Stolz in Zorinas neue Koffer, die ebenfalls zur Ausstattung gehörten.

Zorina war es mit viel Mühe gelungen, ihre Mutter dazu zu überreden, sich zwei Kleider auszusuchen – auf Kosten der Königin, versteht sich.

»Das ist ganz einfach, Mama«, sagte sie. »Ich werde ein Kleid bestellen, von dem ich weiß, daß es dir gefällt. Da wir etwa die gleiche Größe haben, kannst du es anprobieren, weil ich zu beschäftigt bin oder mich nicht wohl genug fühle.«

»Das kann ich doch nicht tun!« rief die Prinzessin.

»Sei nicht dumm, Mama. Du weißt so gut wie ich, daß du dir kein neues Kleid leisten kannst. Wenn du eines kaufst, das elegant genug für die Hochzeit ist, und den passenden Hut dazu, bedeutet das, daß du und Nanny monatelang kaum etwas zum Essen habt.«

Da sie sah, daß ihre Mutter nicht überzeugt war, fuhr sie eindringlich fort: »Für die Königin spielt es keine Rolle, ob ich ein Kleid mehr oder weniger habe. Wenn du meinem Vorschlag nicht zustimmst, gehe ich unverzüglich nach Schloß Windsor und fordere die Königin auf, dir die Kleidung zur

Verfügung zu stellen, die der Mutter einer königlichen Braut angemessen ist.«

Prinzessin Louise stieß einen Schrei des Entsetzens aus.

»Wie kannst du an so etwas Schreckliches auch nur denken?« fragte sie.

»Ich verspreche dir, daß ich genau das tue, wenn du dich weiterhin weigerst«, beharrte Zorina.

Weil tatsächlich kein Geld da war, gab die Prinzessin schließlich nach.

Zorina überredete sie, sich nicht nur ein elegantes Kleid für die Hochzeit, sondern auch ein Abendkleid auszusuchen.

»Das Kleid, das du für mich genäht hast, paßt gut in meine Ausstattung, und ich habe es nur einmal getragen. Dein bestes Kleid dagegen ist in schlechtem Zustand, und wenn wir ehrlich sind, auch ziemlich aus der Mode.«

Nach vielen Argumenten und Protesten bekam Zorina ihren Willen.

Auf diese Weise konnte sich die Prinzessin wenigstens ein paar neue Federn für ihren Reisehut leisten. Nanny nähte noch einen Samtkragen auf ihr Cape, damit es nicht so schäbig aussah.

»Du siehst sehr hübsch aus, Mama«, lobte Zorina sie. »Und vergiß nicht, daß dein junger Mann bei uns sein wird.«

Im ersten Augenblick wußte die Prinzessin nicht, auf wen ihre Tochter anspielte. Als ihr klar wurde, daß damit der britische Botschafter gemeint war, sagte sie schnell: »Du solltest ihn nicht meinen 'jungen Mann' nennen. Es ist wahr, daß er in der Nähe unseres Hauses wohnte, als ich noch jung war. Wir haben auf den Jagdbällen zusammen getanzt, aber als ich deinen Vater kennenlernte, habe ich nie mehr an ihn gedacht.«

»Ich bin sicher, daß er noch an dich gedacht hat«, erwiderte die unverbesserliche Zorina.

Als sie später in ihrem luxuriösen Salonwagen saßen, der in Ostende an den Zug angehängt worden war, wußte Zorina, daß sie mit ihrer Vermutung recht gehabt hatte. Lord Melbray verehrte ihre Mutter noch immer.

Er bemühte sich nach Kräften, ihr die Fahrt so angenehm wie möglich zu machen. Die Prinzessin wirkte bald so glücklich, wie Zorina sie lange Zeit nicht erlebt hatte.

Ihr hingegen fiel es schwer, sich mit ihrer Reisegesellschaft zu unterhalten.

Die Gruppe bestand aus dem Außenminister von Leothia, seiner Frau und zwei anderen Damen, die vorübergehend zu ihren Hofdamen ernannt worden waren, bis sie sich ihre eigenen aussuchen konnte. Außerdem begleiteten sie noch zwei Adjutanten des Königs, die schon in mittleren Jahren waren, und natürlich Rudolf.

Zorina hatte ihn nicht wiedergesehen, bis sie sich auf dem Londoner Bahnhof trafen. Dort hatten sich Mitglieder der Botschaft von Leothia und Angehörige des Auswärtigen Amtes eingefunden, um sie zu verabschieden.

Auch der Marquis von Salisbury war erschienen, aber nicht als Premierminister, sondern als Staatssekretär des Auswärtigen Amtes.

»Ich verlasse mich ganz auf Sie, Königliche Hoheit«, wandte er sich vertraulich an Zorina. »Lord Melbray wird mir bestimmt bald begeisterte Berichte über Ihre Fortschritte schicken.«

Mit einem Lächeln fügte er hinzu: »Ich bin sicher, daß Sie die Herzen der Einwohner von Leothia gewinnen, sobald sie Sie zu Gesicht bekommen. Es ist wohl nicht notwendig, Ihnen zu versichern, wie wichtig Sie in diesem besonderen Augenblick für das Gleichgewicht der dortigen Kräfte sind.«

Während sie auf dem Bahnsteig, den ein roter Teppich schmückte, mit dem Marquis sprach, sah sie Rudolf kommen.

Bei seinem Anblick begann ihr Herz so wild zu klopfen, daß sie fürchtete, gleich in Ohnmacht zu fallen. Sie hatte nur den einen Wunsch, sich in seine Arme zu werfen und ihm zu sagen, daß sie ihn liebte.

Zorina wußte, daß er ihren Blick absichtlich mied, obwohl er sich ihrer Gegenwart genauso bewußt war wie sie der seinen.

Als Rudolf auf sie zukam, drangen weder die Worte des Marquis noch das Geplauder der Leute um sie herum zu ihr durch.

»Sie müssen mir vergeben, Königliche Hoheit, daß ich nicht hier war, um Sie zu empfangen, wie es meine Pflicht gewesen wäre«, sagte er mit kalter, unpersönlicher Stimme. »Unglücklicherweise wurde die Kutsche, die mich herbringen sollte, in einen Unfall mit einem anderen Wagen verwickelt.«

»Sie sind doch nicht etwa verletzt?« fragte Zorina ängstlich.

»Nein, nur ärgerlich, daß ich mich verspätet habe.«

Er schaute sie nicht direkt an, während er sprach. Sein kühler Ton zeigte, daß er sich bemühte, Abstand zu halten.

Zorina war fast erleichtert, als er sich dem Marquis zuwandte.

»Ich muß mich natürlich bei Ihnen ebenfalls entschuldigen, Mylord.«

»Dazu besteht kein Grund, Königliche Hoheit«, versicherte der Marquis. »Auf unseren Straßen geht es immer lebhafter zu, und es gibt so viele schlechte Fahrer, daß sich zu meinem größten Bedauern die Unfälle häufen.«

»Das ist auf unseren Hauptstraßen nicht anders«, bemerkte Rudolf.

Zorina schenkte dem Gespräch der beiden keine Beachtung. Sie fragte sich, ob Rudolf wohl merkte, wie heftig ihr Herz klopfte. In seinem weiten Regenumhang sah er so hervorragend aus, daß neben ihm jeder andere Mann völlig verblaßte.

Sie hätte ihm gern versichert, daß sie ihn immer noch liebte, wußte aber, daß er sich dessen auch ohne Worte bewußt war.

So sehr er sich auch in der Gewalt hatte, sie spürte, daß sein Herz ihr entgegenschlug. Sie waren durch unsichtbare Bande miteinander verbunden, fast so, als ob sie sich in den Armen lägen.

Der Bahnhofsvorstand meldete dem Marquis respektvoll, daß es für die Fahrgäste an der Zeit sei, in den Zug zu steigen.

Zorina mußte sich noch von vielen Leuten verabschieden. Dann wurde sie in den Salonwagen geleitet, ihre Mitreisenden folgten.

Der Zug hatte sich kaum in Bewegung gesetzt, als die Stewards auch schon Kaffee servierten. Für diejenigen, die hungrig waren, gab es ein Frühstück.

Zorina saß in einem bequemen Armsessel am Fenster, ihre Mutter neben ihr. Der Platz ihr gegenüber blieb frei, und sie begriff erst nach einiger Zeit, daß er für Rudolf bestimmt war.

Doch er unterhielt sich auf der anderen Seite des Wagens anscheinend angeregt mit einem der Adjutanten.

Schließlich kam er, widerwillig, wie es Zorina schien, zu ihnen und setzte sich, weil Lord Melbray mit ihm reden wollte.

»Wir haben eine lange Reise vor uns«, sagte der Botschafter. »Ich denke, wir haben es hier ganz bequem.«

Rudolf sah nicht aus, als ob er dem zustimmen würde, doch Lord Melbray fuhr fort: »Der Schlafwagen, der an den Zug angehängt wird, den wir in Ostende besteigen, soll der modernste in ganz Europa sein, hat man mir berichtet.«

»Ich freue mich darauf, ihn mir anzuschauen«, erwiderte Rudolf. »Für Eisenbahnen interessiere ich mich schon, seit ich ein kleiner Junge war.«

»Es heißt, daß das Hauptinteresse Eurer Königlichen Hoheit dem Klettern gilt«, lächelte der Botschafter interessiert.

»Das ist wahr. Ich habe die meisten Berge meines Heimatlandes bestiegen und plane im Augenblick eine Expedition zum Himalaya.«

Zorina stockte der Atem, als sie das hörte.

Er hatte es also ernst gemeint, als er davon gesprochen hatte, er würde nach ihrer Hochzeit auf Reisen gehen.

»Das ist ja interessant«, begann Lord Melbray, doch Zorina hörte nicht länger zu.

Ihr war zumute, als ob Rudolf ihr einen Dolch in die Brust gestoßen hätte. Doch auch wenn er eine Welt zwischen sich und sie legte, es würde ihm nicht gelingen, ihre Liebe zu töten.

Sie bekam ihn nicht mehr zu Gesicht, nachdem sie an Bord des Schiffes gegangen waren, das sie von Tilbury nach Ostende bringen sollte.

Prinzessin Louise und Zorina hatten zusammen eine Kabine, eine zweite war für die anderen Damen der Gesellschaft reserviert.

In Ostende wartete ihr Salonwagen mit beigefügtem Schlafwagen an einem Bahnsteig, der für die übrigen Fahrgäste gesperrt war. Er wurde nach vielem Rangieren an den Expreß angehängt.

Rudolf schien überall zu sein, nur nicht bei Zorina. Sie fühlte sich sehr elend, weil sie fürchtete, keine Gelegenheit zu haben, mit ihm zu sprechen, ehe sie Leothia erreichten.

Als es Zeit wurde, sich nach einem delikaten Dinner mit hervorragenden Weinen zurückzuziehen, fand Zorina heraus, daß der Salonwagen drei Schlafabteile enthielt. Sie waren für ihre Mutter, sie selbst und Rudolf bestimmt. Alle anderen waren in dem separaten Schlafwagen untergebracht.

Während sie zu ihren Abteilen gingen, seufzte Prinzessin Louise: »Ich hasse nichts mehr, als in einem Zug schlafen zu müssen. Manche Leute behaupten, das Rollen der Räder würde sie in den Schlaf lullen. Bei mir ist das nicht der Fall. Das Geräusch hält mich wach, und ich habe Angst vor einem Zusammenstoß.«

»Das tut mir leid, Mama. Es ist wichtig, daß du schläfst. Wir haben noch eine lange Reise vor uns.«

»Ich werde schlafen«, versicherte die Prinzessin. »Nanny hat darauf bestanden, daß ich ein Fläschchen Laudanum mitnehme.«

»Das ist bestimmt nicht gut für dich«, protestierte Zorina.

»Mag sein, aber immer noch besser, als morgen hohläugig und bleich herumzulaufen.«

»Du hast heute sehr hübsch ausgesehen, Mama«, meinte Zorina. »Ich weiß, daß Lord Melbray genauso dachte.«

»O Zorina, du hast lächerliche Einfälle! Ich bezweifle, daß er mich überhaupt bemerkt hat. Wir haben von alten Zeiten gesprochen, als wir beide noch jung waren.«

Zorina schwieg. Sie fand, daß ihre Mutter die angebliche Gleichgültigkeit Lord Melbrays Aufmerksamkeiten gegenüber ein wenig übertrieb.

Als sie sich ausgezogen hatte, fiel ihr ein, daß sich ihr später vielleicht eine Chance böte, mit Rudolf zu sprechen, da ihre Mutter ein Schlafmittel nehmen wollte.

Sie wartete eine Weile, um sicherzugehen, daß die Prinzessin auch tatsächlich schlief, und schlich sich schließlich aus ihrem Abteil in den Salon.

Bevor sich die Stewards in ihre Quartiere in einem anderen Teil des Zuges zurückgezogen hatten, hatten sie alle Lampen gelöscht.

Zorina ging zu dem Platz, auf dem sie den ganzen Tag gesessen hatte, und schob die Vorhänge zur Seite. Es war Vollmond, sein silbernes Licht fiel durch das Fenster. Dadurch konnte sie die leeren Sessel und die Papiere erkennen, die auf den Tischen verstreut lagen.

Sie wartete, wobei sie kaum zu hoffen wagte, daß Rudolf wußte, wo sie war.

Plötzlich spürte sie, daß er da war.

Als er langsam auf sie zukam und sie zu ihm aufschaute, verspürte sie ein unbändiges Glücksgefühl. Nichts anderes zählte, als daß sie zusammen und allein waren. Er war immer noch so angezogen wie eben, als alle zu Bett gegangen waren.

Einen Augenblick lang saß sie nur so da und sah ihn an. Die Haare fielen ihr offen auf die Schultern und über das kostbare neue Satin-Negligé, das zu ihrer Brautausstattung gehörte.

Ihre Blicke versanken ineinander, es bedurfte keiner Worte.

»Ich mußte mit Ihnen sprechen«, flüsterte Zorina schließlich.

»Sie brauchen nichts zu erklären«, erwiderte er. »Irgendwie wußte ich, daß Sie hier waren.«

»Mama schläft fest, sie wird nicht aufwachen. Ich fühlte, Sie würden hören, daß ich nach Ihnen rufe.«

»Liebste, das dürfen Sie nicht!«

»Warum nicht?« fragte Zorina. »Wir tun niemand weh, und es ist etwas, an das ich mich später erinnern kann.«

Nach einem kurzen Schweigen flüsterte Rudolf heiser: »Wie schaffen Sie es nur, so bezaubernd auszusehen, als ob Sie gerade vom Himmel gefallen wären?«

Zorina seufzte.

»Ich wünschte, wir könnten diese Reise beenden und wieder zurückfahren.«

»Ich habe noch nie solche Qualen erlitten wie in den letzten Wochen, seit ich Sie im Schloß zurückließ«, sagte er. »Manchmal hielt ich es für das beste, meinem Leben ein Ende zu setzen in der Hoffnung, wir würden uns in einem anderen Leben wiedersehen.«

»Wenn Sie so reden, haben Sie etwas vergessen«, erwiderte Zorina und warf ihm einen strafenden Blick zu.

»Und das wäre?«

»Daß ich genauso empfinde und einzig deshalb am Leben bleiben möchte, weil ich weiß, daß Sie mir irgendwo nahe sind.«

»Mein Liebling!«

Er machte eine Bewegung, wie um sie zu berühren, doch dann besann er sich.

»Wenn Sie so mit mir reden, werde ich wahnsinnig. Ich liebe Sie so sehr, daß ich immer nur Ihr Gesicht vor mir sehe und Ihre Stimme höre.«

Er holte tief Luft und fuhr dann fort: »Zorina, wir dürfen uns nicht mehr treffen. Es macht das Ganze nur noch schlimmer für uns beide.«

»Aber ich muß manchmal mit Ihnen reden können.«

Rudolf schüttelte den Kopf.

»Sie wissen so gut wie ich, daß die Liebe nicht stillsteht. Entweder wird sie stärker, oder sie stirbt. Unsere Liebe wird niemals sterben. Sie wird stärker werden, bis sie uns überwältigt und wir ihr nicht mehr widerstehen können.«

»Müssen wir ihr widerstehen?« fragte Zorina leise.

»Ich bin älter als Sie«, sagte er rauh, »und muß daher tun, was recht ist, und Sie davon abhalten, unrecht zu tun.«

»Ich kann nicht anders, als Sie lieben.«

»Ich auch nicht«, versicherte er, »aber wir sind nicht allein auf der Welt. Wir müssen an mein Heimatland denken und die Menschen in England, die sich auf Sie verlassen.«

»Jetzt reden Sie wie der Marquis von Salisbury.«

Rudolf stieß ein kleines Lachen aus, das allerdings ohne jeden Humor war.

»Ich rede so, weil ich nicht sagen darf, was ich Ihnen gern sagen möchte.«

Er schwieg einen Moment, dann stieß er hervor: »Ich liebe Sie! Ich verehre Sie! Ich bete Sie an! Sie sind all das, was ich in einer Frau gesucht und nie zu finden geglaubt habe. Aber wie ich schon bei unserem letzten Zusammentreffen sagte, es ist zu spät.«

»Es mag zu spät sein, um etwas an unserer Situation zu ändern«, erwiderte Zorina zögernd. »Aber ich kann mir nicht vorstellen, daß unsere Liebe etwas Unrechtes ist. Die Liebe wird uns von Gott geschenkt.«

Mit einem leisen Stöhnen zog Rudolf ihre Hand an die Lippen und küßte sie zärtlich, dann drehte er sie herum und küßte die Innenseite.

Zorina empfand ein seltsames Gefühl, das sie nie zuvor erlebt hatte. Ihr war, als ob das Mondlicht in ihren Körper eindränge und kleine Flämmchen sie durchzuckten.

Rudolf hob den Kopf und sah sie an.

»Liebste, ich begehre Sie wild und leidenschaftlich, nur, daß ich etwas so Vollkommenes nicht verderben kann. Statt dessen kniee ich zu Ihren Füßen und zünde eine Kerze vor Ihnen an.«

In seinen Augen schien ein Feuer zu glühen.

»Sie glauben, daß unsere Liebe von Gott kommt, und kommen mir dabei selbst wie ein Geschenk Gottes vor«, sagte er sehr ruhig. »Deshalb muß ich Sie jetzt verlassen. Wir dürfen uns hier nicht wieder treffen.«

Er beugte sich noch einmal über ihre Hand und küßte sie so sanft, als sei sie ein kostbarer Gegenstand.

Ehe Zorina etwas sagen oder ihn am Gehen hindern konnte, war er in der Dunkelheit verschwunden.

Sie saß noch lange Zeit auf ihrem Platz und schaute zum Mond empor, während der Zug durch die Nacht eilte.

Während der gesamten Reise fand Zorina keine Gelegenheit mehr, mit Rudolf zu sprechen. Er ging ihr stets aus dem Weg und vermied – wenn sie sich doch einmal trafen – jeden Blickkontakt.

Sobald der Zug an einer Station anhielt, war er immer als erster draußen und verschwand in Begleitung eines Adjutanten, bis es Zeit zum Wiedereinsteigen war.

Wenn sich alle im Salonwagen aufhielten, setzte er sich mit dem Rücken zu ihr, so daß sie ihn nicht anschauen konnte.

Seinen Platz hatte inzwischen der Außenminister von Leothia eingenommen, ein trockener, wichtigtuerischer Mann, aus dessen Mund jedes Wort langweilig klang.

Zorina, die wußte, weshalb Rudolf sich so benahm, verbrachte viel Zeit in ihrem Schlafabteil.

»Fühlst du dich nicht wohl, Liebes?« fragte ihre Mutter besorgt.

»Ich habe leichte Kopfschmerzen, Mama, wohl vom Rütteln des Zuges. Es fällt mir schwer, mich auf die Gespräche der Leute zu konzentrieren.«

»Dann mußt du dich natürlich ausruhen«, stimmte ihre Mutter zu. »Wichtig ist jetzt vor allem, daß du bei unserer Ankunft hübsch aussiehst und dich wohl fühlst.«

Zorina fürchtete sich so sehr vor dem, was vor ihr lag, daß sie am liebsten geantwortet hätte, wenn es nach ihr ginge, könnte die Reise ewig dauern.

Sie stellte fest, daß auch Rudolf sichtlich unter Anspannung stand. Er wirkte blasser als zu Beginn ihrer Reise. Vielleicht bemerkte nur sie die Linien um seine Augen, die ihr zeigten, daß er kaum schlief.

Zorina war nahe daran, sich einen Zugzusammenstoß zu wünschen. Wenn sie tot wäre, gäbe es keine Probleme mehr, keine Schwierigkeiten, die unüberwindbar zu sein schienen.

Zorina war noch sehr jung und glaubte fest an die Kraft der Gebete – in ihrem Herzen hegte sie immer noch eine schwache Hoffnung, daß sich alles zum Guten wenden möge. Vielleicht geschah noch ein Wunder, und die Zukunft war nicht so düster, wie sie es befürchtete.

Während sie in Richtung Archam, der Hauptstadt von Leothia, fuhren, schaute Zorina aus dem Zugfenster und bewunderte die Landschaft.

Leothia war ein kleines Land, das beinahe rund herum von hohen, schneebedeckten Bergen umgeben war. In der Mitte lag ein weites, fruchtbares Tal, durch das sich ein silberner Fluß schlängelte.

Es wirkte wie ein Märchenland mit fröhlichen Bauern, die

auf den Feldern arbeiteten und die Ernte einbrachten. Uberall blühten Blumen in den verschiedensten Farbtönen.

Die Sonne strahlte die roten Dächer der kleinen Häuser an, die im alpinen Stil gebaut waren.

Auf den Gipfeln der Hügel standen Burgen, die als dunkle Silhouetten gegen den blauen Himmel abstachen.

»Es ist wunderschön!« rief Zorina, die sich an der Landschaft nicht satt sehen konnte.

Sie schaute sich um, ob Rudolf in der Nähe wäre, mit dem sie ihre Begeisterung gern geteilt hätte.

Doch sie konnte ihn nirgends entdecken. Enttäuscht drehte sie sich wieder um und betrachtete in Gedanken versunken das Land, das sie regieren sollte.

Als der Zug in den Bahnhof von Archam einfuhr, sah Zorina schon von weitem, daß sich auf dem Bahnsteig eine große Willkommensgesellschaft versammelt hatte.

Der Bahnhof war mit Fahnen, Girlanden und Blumen geschmückt. Die Soldaten – allen voran ihr Kommandeur, dessen Helm Federn schmückten – boten mit ihren rotweißen Uniformen ein farbenprächtiges und eindrucksvolles Bild.

Als der Zug hielt, trat Rudolf auf Zorina zu.

»Würden Sie wohl als erste aussteigen, Königliche Hoheit?« fragte er formell.

Ohne nachzudenken, streckte Zorina ihm ihre behandschuhte Hand entgegen, damit er ihr beim Aufstehen helfe.

Als sich seine Finger über den ihren schlossen, war ihr, als ob sie durch einen Lichtstrahl verbunden wären, und sie wußte, daß er genauso empfand.

Während sie Hand in Hand zum Ausgang des Salonwagens gingen, drückte er ihre Finger so heftig, bis sie beinahe blutlos waren.

Rudolfs Bruder, Kronprinz Karl, begrüßte sie zuerst.

Eine gewisse Ähnlichkeit zwischen den beiden Brüdern war vorhanden, nur daß er steif und etwas schwächlich wirkte, was Zorina nicht erwartet hätte.

Er sprach ein paar formelle Willkommensworte und entschuldigte seinen Vater: Er fühle sich nicht wohl.

»Er freut sich darauf, Eure Königliche Hoheit in seinem Schloß begrüßen zu können«, sagte er. »Darf ich Ihnen jetzt meine Frau vorstellen?«

Ein Blick auf die Kronprinzessin genügte, und Zorina begriff, weshalb ihr Ehemann so niedergedrückt wirkte.

Sie war eine kräftig gebaute Frau mit scharfen Zügen und stammte aus einem deutschen Fürstenhaus.

Zorina hatte erfahren, daß die beiden auf Grund einer Vereinbarung zwischen ihren beiden Ländern geheiratet hatten, als sie noch sehr jung waren.

An der Art, wie die Kronprinzessin sie begrüßte, merkte Zorina, daß sie von ihr keine Freundschaft erwarten durfte.

Der nächste, der ihr vorgestellt wurde, war der Lordkämmerer – ein fröhlicher Mann, dessen Frau sehr elegant war und sich heftig bemühte, Zorina zu zeigen, daß sie willkommen war. Nach einigen weiteren Vorstellungen spielte eine Militärkapelle die beiden Nationalhymnen.

Anschließend schritten sie durch die Gasse, die die auf dem Bahnhof versammelte Menschenmenge gebildet hatte, nach draußen, wo die Staatskarossen darauf warteten, sie zum Schloß zu bringen.

Zorina und der Kronprinz bestiegen die erste Karosse, in der zweiten saßen ihre Mutter, die Kronprinzessin, Rudolf und ein Verwandter des Königshauses. Drei weitere Kutschen folgten.

Zorina war sich sehr wohl bewußt, daß sie hätte erwarten können, vom König persönlich abgeholt und in sein Schloß begleitet zu werden.

Während sie den jubelnden Leuten am Straßenrand zuwinkte, fragte sie sich, ob er wirklich indisponiert war oder ob andere Gründe ihn davon abgehalten hatten, sie zu begrüßen.

Sie zwang sich zu einem Lächeln, um der begeisterten Menge zu zeigen, daß sie ihre Freudenbezeugungen zu schätzen wußte.

Überall waren die britischen Farben zu sehen. Die Kinder schwenkten kleine Fähnchen, große Flaggen wehten zusammen mit denen von Leothia von den Gebäuden und Fahnenmasten.

Die Bürger von Leothia trugen ihre malerischen Nationaltrachten, wie sie überall auf dem Balkan üblich waren.

Die Trachten der Frauen bestanden aus einem weiten roten Rock, einer bestickten Bluse und einem schwarzen Samtmieder. An Feiertagen, wie dies einer war, gehörte ein Kopfschmuck aus bunten Bändern dazu.

Als sie die junge und hübsche Zorina zu Gesicht bekamen, winkten sie ihr fröhlich zu. In ihrem mit Blumen garnierten Hütchen, sah sie – ohne es zu wissen – wie eine Frühlingsgöttin aus.

Alles war mit Blumen geschmückt, Sträußchen davon wurden in die offene Kutsche geworfen. Als sie die Hauptstraßen der Stadt hinter sich gelassen hatten und einen Hügel hinauffuhren, verschwanden Zorina und der Kronprinz beinahe unter einem Blütenteppich.

Von hier aus konnte Zorina den ersten Blick auf das Schloß werfen.

Es lag hoch über der Stadt, schimmerte weiß im Sonnenlicht und schien aus einem Märchenbuch zu stammen. Der Hügel, auf dem es thronte, war mit jungen Bäumen bewachsen, von denen einige in Blüte standen.

Das Ganze ergab ein so bezauberndes Bild, daß Zorina beinahe der Atem stockte.

Käme sie doch nur als Rudolfs Frau an, überlegte sie traurig. Dieses Schloß hätte den passenden Rahmen für ihre wundervolle Liebe abgegeben.

Jetzt war es leider nur ein Käfig, in den sie zusammen mit einem Ehemann eingesperrt wurde, den sie noch nicht einmal kannte.

Aus irgendeinem Grund hatte er eine Ausrede vorgeschoben, um sie nicht auf dem Bahnhof begrüßen zu müssen. Als der Kronprinz seinen Vater entschuldigte, wußte Zorina instinktiv, daß das Unwohlsein des Königs nur ein Vorwand war. Sie merkte es am Ton seiner Stimme, sah es an seinen Augen, die unruhig hin- und herflogen.

Nachdem sie die Hochrufe der Menge hinter sich gelassen hatten und das Schloß vor ihnen aufragte, steigerte sich Zorinas Beklommenheit. Sie fror vor Angst, und ihre Hände zitterten.

5

Aus der Nähe wirkte das Schloß noch zauberhafter als von fern.

Das schmiedeeiserne Eingangstor schmückte eine Krone, jede Spitze des Zaungitters war vergoldet.

Der Garten war ein einziges Blumenmeer vor einem Hintergrund von herrlichen alten Bäumen. Zahlreiche Springbrunnen in kunstvollen steinernen Becken schleuderten Fontänen, deren Tropfen in allen Regenbogenfarben funkelten, in den Himmel.

Als die Karosse vor einer Marmortreppe hielt, sagte der Kronprinz: »Ich nehme an, daß mein Vater Sie in der Eingangshalle erwartet.«

Zorina gelang es nur mit Mühe, ihm zuzulächeln, obwohl sie das Gefühl hatte, unzählige Schmetterlinge flatterten in ihrer Brust herum.

Die Soldaten präsentierten ihre Gewehre, während sie an der Seite des Kronprinzen langsam die mit einem roten Teppich gedeckten Stufen hinaufschritt.

Zorina sprach ein stummes Gebet: »Lieber Gott, gib, daß er nicht zu schrecklich ist. Bitte, lieber Gott, laß mich ihn mögen.«

Der Kronprinz ging sehr langsam, um der restlichen Gesellschaft Zeit zu geben, auszusteigen und sich ihnen anzuschließen.

Sie hatten fast die oberste Stufe erreicht, als ein Mann durch das Portal trat, von dem Zorina glaubte, daß es der König sei. Er trug eine Uniform, deren Jacke vor lauter Orden und Ehrenzeichen nur so funkelte.

Bevor Zorina ihm ins Gesicht schauen konnte, murmelte der Kronprinz neben ihr: »Der Hauptbefehlshaber der Armee.«

Zorina schaute ihn überrascht an. Sie fand es seltsam, daß der König sie nicht erwartete, wie sein Sohn angenommen hatte.

Der General hieß Zorina willkommen und brach in eine

Flut von Erklärungen aus: Seine Majestät fühle sich unglücklicherweise nicht wohl genug, um sie zu empfangen, wie er es beabsichtigt hatte.

»Ich nehme doch an, daß der Premierminister und die anderen Mitglieder des Kabinetts uns erwarten«, sagte der Kronprinz ein wenig verlegen.

»Sie haben sich im Thronsaal versammelt«, bestätigte der General, »zusammen mit den Botschaftern und einer großen Anzahl von Personen, die begierig sind, Ihre Königliche Hoheit zu treffen.«

»Dann wollen wir die Sache hinter uns bringen«, sagte der Kronprinz scharf.

Er bediente sich der leothianischen Sprache, von der Zorina auf der Reise bereits eine Menge gelernt hatte. Sie war sich ein wenig unsicher, wenn sie sie selbst sprach, verstand aber das meiste, was man zu ihr sagte.

Zu ihrer Freude hatte sie festgestellt, daß viele Worte fast identisch mit Worten der Balkansprachen waren, die sie einigermaßen beherrschte. Das hatte ihr das Lernen leichter als erwartet gemacht.

Während sie einen Korridor entlanggingen, entschuldigte sich der Kronprinz noch einmal für das Verhalten seines Vaters.

»Ich bin sicher, daß sich mein Vater heute abend wohl genug fühlt, um Sie zu begrüßen. Wir haben eine Dinnerparty im Kreise der Familie geplant. Hoffentlich ist Ihnen das recht.«

Zorina schwieg. So seltsam es auch sein mochte, in gewisser Hinsicht war sie froh, daß sie den König erst sah, wenn sie sich mit ihrer Umgebung ein wenig vertraut gemacht hatte.

Das Schloß war sehr eindrucksvoll und viel schöner, als sie

es sich vorgestellt hatte. Es gab zahlreiche Gemälde, die sich Zorina noch genauer anschauen wollte. Die Möbel, von denen einige vermutlich das Werk örtlicher Handwerker waren, wirkten ungewöhnlich und formvollendet.

Nur der Thronsaal entsprach genau ihren Erwartungen. An einem Ende stand ein goldener Thron unter einem Baldachin aus purpurrotem Samt, der mit dem leothianischen Wappen bestickt war.

Die Spiegelwände waren eine Nachbildung von Versailles. Die Deckengemälde zeigten eine Reihe von Göttinnen und Göttern aus der klassischen Mythologie.

Es hatte den Anschein, als ob sich alle Würdenträger Leothias eingefunden hätten; sie trugen zur Feier des Tages ihre elegantesten Kleider.

Die Frauen hatten sich mit kostbaren, glänzenden Juwelen geschmückt. Die Federn an den Hüten und die Turnüren und Schleppen ihrer Kleider ließen sie wie Paradiesvögel aussehen.

Die Männer wollten natürlich nicht zurückstehen. In ihren mit Orden behängten Uniformen wirkten sie kaum weniger farbenprächtig als ihre Frauen.

Als Zorina und der Kronprinz auf der Schwelle erschienen, trat augenblicklich Stille ein. Erst als sie den schmalen roten Teppich entlanggingen, der zu dem Podest führte, auf dem der Thronsessel stand, fingen alle Anwesenden spontan zu klatschen an.

Das kam so unerwartet, daß Zorina errötete und gleichzeitig lächelte.

Als sie und der Kronprinz das Podest betraten, lief eine wellenförmige Bewegung durch den Raum. Jeder schien den Wunsch zu haben, Zorina aus der Nähe zu sehen.

Der Kronprinz hielt eine weitere trockene und langweilige Willkommensrede und entschuldigte erneut seinen abwesenden Vater.

Dann begann die Vorstellung.

Der Lordkämmerer nannte Namen und Stellung jeder Person, die auf der einen Seite das Podest betrat, vor dem Kronprinzen und Zorina knickste und sich auf der anderen Seite wieder entfernte.

Als erster kam der Premierminister, dann folgten die Mitglieder des Kabinetts und schließlich die Botschafter jedes Landes, das in Leothia vertreten war.

Um sie zu überraschen, wechselte Zorina mit jedem ein paar Worte in seiner eigenen Sprache. Und tatsächlich warfen die meisten Anwesenden ihr erstaunte, aber wohlwollende Blicke zu.

An der Art, wie sie anschließend die Köpfe zusammensteckten und miteinander flüsterten, erkannte Zorina, daß sie damit Pluspunkte gewonnen hatte.

Die Vorstellung nahm geraume Zeit in Anspruch.

Ohne zu warten, was der Kronprinz als nächstes vorschlagen würde, verließ Zorina ihren Platz auf dem Podest, mischte sich unter die Gäste und unterhielt sich mit dem einen oder anderen.

Es schien eine kleine Ewigkeit zu dauern, bis Zorina und ihre Mutter in ihre Schlafzimmer geführt wurden, damit sie sich vor dem Lunch noch etwas frisch machen konnten.

»Du warst großartig, Liebes«, lobte die Prinzessin sie. »Ich war sehr stolz auf dich.«

Mit einem kleinen Lachen fuhr sie fort: »Den Botschaftern hast du eine kleine Überraschung bereitet. Jeder einzelne kam zu mir und meinte, wie erstaunlich es doch sei, daß du seine

Sprache beherrschst. Ihrer einhelligen Meinung nach bist du genau die Königin, die Leothia braucht.«

»Hast du herausgefunden, was mit dem König los ist?« fragte Zorina, die dieser Gedanke vor allen anderen bewegte.

Es fiel ihr auf, daß sich der Gesichtsausdruck ihrer Mutter veränderte.

»Ich denke, ich sollte jetzt mein eigenes Zimmer aufsuchen, um mich zu waschen. Ich habe Hunger, du doch sicher auch«, sagte die Prinzessin ein wenig unsicher und verließ schnell den Raum.

Sie hatte gerade die Tür hinter sich geschlossen, als es klopfte. Ein Mädchen trat ein.

»Ich soll mich um Eure Königliche Hoheit kümmern«, lächelte sie. »Hoffentlich kann ich Sie zufriedenstellen.«

Die junge Frau, die etwa im gleichen Alter wie Zorina war, sprach so langsam, daß Zorina sie mühelos verstand.

»Ich bin sicher, daß Sie das tun werden«, erwiderte sie freundlich in Leothianisch.

Das Mädchen gab einen kleinen Laut des Entzückens von sich.

»Sie sprechen unsere Sprache!« rief sie. »Das ist gut, sehr, sehr gut.«

»Ich spreche sie nur ein bißchen«, erwiderte Zorina. »Sie müssen mir dabei helfen, noch viel mehr zu lernen.«

»Es wäre eine große Ehre für mich, Königliche Hoheit.«

»Wie heißen Sie?« erkundigte sich Zorina.

»Hildegard, Königliche Hoheit.«

»Gut denn, Hildegard, Sie können sich bestimmt vorstellen, daß das Leben hier am Anfang nicht leicht sein wird. Ich komme von weit her in ein Land, das ich nicht kenne.«

Es war wie ein flehentlicher Hilferuf von Frau zu Frau.

Hildegard faltete ihre Hände und sagte inbrünstig: »Ich bete zu Gott, daß ich Ihnen wirklich helfen kann, Königliche Hoheit.«

Das Mittagessen gestaltete sich als recht langweilige und anstrengende Angelegenheit – trotz der hervorragend zubereiteten Gerichte und der Schönheit des Speisezimmers, in dem das Mahl eingenommen wurde. Ein Würdenträger nach dem anderen stand auf, um eine langatmige Rede zu halten.

Sie gaben ihrer Bewunderung für England und Königin Victoria Ausdruck und erklärten, wie sehr sie sich über eine neue Königin freuten, die nicht nur über englische Verbindungen verfügte, sondern auch in Beziehung zu dem Teil Europas stand, zu dem Leothia gehörte.

Als Zorina schließlich den Eindruck hatte, daß niemand mehr eine Rede halten wollte, wandte sie sich an den Kronprinzen und fragte: »Soll ich mich bedanken?«

Er schaute sie verwundert an, dann erwiderte er ein wenig brummig: »Wenn Sie das für nötig halten.«

Als Zorina aufstand, bemerkte sie, daß sich alle Augen mit dem Ausdruck des Erstaunens auf sie richteten. Langsam und bedächtig, weil sie sich mancher Worte nicht ganz sicher war, sagte sie in Leothianisch: »Ich danke Ihnen sehr für all die freundlichen Dinge, die Sie gesagt haben, und verspreche Ihnen, daß ich mich bemühen werde, eine gute Königin zu sein. Ich fühle bereits jetzt, daß es kein schöneres Land geben kann, in dem freundlichere Menschen leben.«

Zorina setzte sich wieder. Der spontane Applaus, der ihren Worten folgte, erfüllte den großen Raum.

Der Kronprinz und Zorina verließen, immer noch vom Beifall begleitet, das Speisezimmer.

Es stünde ihnen jetzt frei, sich auszuruhen, bis es Zeit zum Dinner sei, sagte der Kronprinz und verabschiedete sich.

Neben Zorinas Schlafzimmer lag ein reizender kleiner Salon, der ihr sehr gut gefiel. Er war mit unzähligen Blumen geschmückt, die die Luft mit ihrem süßen Duft erfüllten.

»Du warst einfach wunderbar, Liebes«, stellte die Prinzessin erneut fest. »Ich bin sicher, daß du die Herzen der Leute von Leothia im Sturm erobert hast. Dein Vater wäre sehr stolz auf dich.«

»Und dabei habe ich den König immer noch nicht getroffen«, bemerkte Zorina leise.

»Man hat mir versichert, daß er am Dinner teilnehmen wird«, erwiderte ihre Mutter. Wie um das Thema zu wechseln, ging sie zum Fenster und rief: »Ich hatte keine Ahnung, daß Leothia so schön ist! Auf der Fahrt vom Bahnhof nach hier kam es mir so vor, als ob alle Leute auf den Straßen glücklich und wohl genährt wären.«

»Den Eindruck hatte ich auch«, bestätigte Zorina. »Der Außenminister hat mir während der Reise erzählt, daß es hier kaum wirkliche Armut gäbe.«

»Ich glaube bestimmt, daß du hier sehr glücklich sein wirst.«

Ein kleiner Unterton in ihrer Stimme brachte Zorina auf den Gedanken, daß sich ihre Mutter in Wirklichkeit selbst beruhigen wollte.

Während sie sich mit Hildegards Hilfe zum Dinner umkleidete, wurde ihr erneut bewußt, wie sehr sie sich vor dem Treffen mit dem König fürchtete.

So sehr sie sich auch bemühte, nicht an Rudolf zu denken, es wäre unmöglich gewesen, ihn beim Lunch zu ignorieren.

Als ihr nach ihrer kleinen Rede Beifall gespendet wurde, hatte sie gehofft, daß auch er mit ihr zufrieden gewesen war.

Immer wieder drängte er sich in ihre Gedanken, und sie konnte nichts dagegen tun. Jedes Mal, wenn sie zu den Bergen emporschaute, dachte sie daran, daß er ein begeisterter Bergsteiger war. Ein Blick auf das fruchtbare Tal, durch das sich der Fluß schlängelte, auf die Wiesen und Felder voller Blumen, und sie wünschte sich, Seite an Seite mit ihm dort auszureiten.

Zorina wußte, daß ihr das Land tatsächlich wie ein Märchenland vorkommen würde, bekäme sie erst die Gelegenheit, es kennenzulernen – gemeinsam mit Rudolf.

Hildegard holte eines ihrer hübschesten Kleider aus dem Schrank und zeigte es ihr.

»Wollen Sie das heute abend tragen, Königliche Hoheit?« fragte sie.

»Ja, das ist in Ordnung«, stimmte sie zu.

Zorina überlegte, ob sie Rudolf wohl in dem ausgewählten Kleid gefallen würde und ob sich vielleicht die Chance ergäbe, ein paar Worte allein mit ihm zu wechseln. Gleichzeitig sagte sie sich jedoch, daß er sich wahrscheinlich im Hintergrund halten und ihr so gut wie möglich aus dem Weg gehen würde.

»Wie kann er nur so unfreundlich, so grausam sein?« rief ihr Herz, während ihr Verstand antwortete, daß er richtig handelte.

»Sie sind wunderschön, Königliche Hoheit«, stellte Hildegard in ehrfürchtigem Ton fest.

Zorina entdeckte plötzlich, daß sie fertig angezogen und frisiert war. Sie war in Gedanken so mit Rudolf beschäftigt gewesen, daß sie gar nichts davon bemerkt hatte.

Als sie jetzt ihr Spiegelbild betrachtete, wußte sie, ohne eingebildet zu sein, daß Hildegard die Wahrheit gesagt hatte.

Sie sah schön aus, und das für einen Mann, der es bisher

nicht für notwendig gehalten hatte, seine Braut willkommen zu heißen.

Zorina überquerte auf dem Weg zum Zimmer ihrer Mutter einen Korridor. Sie selbst bewohnte bereits die königliche Suite, während man ihre Mutter in einem Schlafzimmer in der Nähe untergebracht hatte.

Es war zwar nicht so groß wie das von Zorina, aber sehr geschmackvoll eingerichtet. Möbel und Bilder waren wertvolle Kunstwerke.

Zorina war gerade im Begriff, die Tür zum Zimmer ihrer Mutter zu öffnen, als zwei Männer am Ende des Korridors erschienen.

Man hatte ihr erzählt, daß zwei schwere, im Stil des achtzehnten Jahrhunderts bemalte Türen die Suite des Königs vom restlichen Wohnflügel trennten. Sie waren mit dem königlichen Wappen in Gold geschmückt.

Die beiden Männer, die durch diese Türen gekommen waren, trugen die Abenduniform der leothianischen Armee.

Nachdem sich die Türen hinter ihnen geschlossen hatten, blieben sie stehen, ohne zu bemerken, daß sich Zorina ganz in ihrer Nähe befand.

»Ist er in Ordnung?« erkundigte sich einer der Männer.

»Sagen wir mal, er steht auf den Füßen«, antwortete der andere.

»Dann sorgen Sie dafür, daß es so bleibt!«

Da die beiden ihren Weg fortsetzten, schlüpfte Zorina, ohne anzuklopfen, in das Zimmer ihrer Mutter. Sie hoffte, daß sie unentdeckt geblieben war.

»Ich bin gleich fertig«, versicherte die Prinzessin.

Sie war damit beschäftigt, eine Tiara, die sie sich in London ausgeliehen hatte, in ihren Haaren zu befestigen.

Zorina antwortete nicht. Sie dachte über den Sinn der Worte nach, die sie soeben gehört hatte.

War der König krank, daß er kaum stehen konnte? Falls ja, war es bestimmt ein Fehler, wenn er am Dinner teilnehmen würde.

Zorina hoffte, daß seine Leiden nicht ansteckend waren.

Die Dinnergäste versammelten sich in einem großen Salon, der an den Speisesaal angrenzte.

Zorina plauderte freundlich mit den bereits anwesenden Gästen. Sie erfuhr, daß die Mutter des Königs das gesamte Schloß eingerichtet hatte.

Sie war Französin gewesen und hatte über einen ausgezeichneten Geschmack verfügt, wovon man sich in jedem Zimmer des Schlosses überzeugen konnte.

Zorina sah sich gleich nach Betreten des Raumes nach Rudolf um, konnte ihn aber nirgends entdecken.

Während alle auf das Erscheinen des Königs warteten, kam Rudolf herein. Er war genauso gekleidet wie auf Schloß Windsor.

Gleich hinter der Tür blieb er stehen, um sich mit jemandem zu unterhalten. Zorina kannte den geliebten Mann so gut, er war ihr schon so vertraut, daß sie sofort merkte, wie wütend er war.

Seine Miene war finster, er preßte seine Lippen zu einer schmalen Linie zusammen. Er gab sich auch keine Mühe, seinen Ärger zu verbergen.

Zorina wünschte sich verzweifelt, zu ihm gehen zu können, aber sie wußte, Rudolf würde es nicht gutheißen. Mit einiger Mühe begann sie eine Unterhaltung mit einem sehr alten Mann. Es mußte sich wohl um einen entfernten Verwandten handeln, der im Norden des Landes ein Schloß und Ländereien besaß.

Es hatte den Anschein, daß alle Anwesenden die Tür im Auge hatten und sich wunderten, was den König wohl aufhielt.

Dann betraten zwei Adjutanten den Salon und nahmen zu beiden Seiten der Tür Aufstellung.

Als der König erschien, war es Zorina ein paar Sekunden lang unmöglich, ihn anzuschauen. Sie hatte furchtbare Angst vor dem, was sie sehen würde.

Als die Gäste sich in aller Eile in zwei Reihen aufstellten, stand sie allein da – auf der anderen Seite des Raumes stand der König.

Dies war der Augenblick, vor dem sie sich gefürchtet hatte.

Unendlich langsam, wie ihr schien, kam er auf sie zu. Als er auf halbem Weg war, hob sie den Blick.

Ihr erster Gedanke war, daß er sehr, sehr alt war, der zweite, daß er in keiner Weise dem Bild glich, das sie sich von ihm gemacht hatte.

Zorina hatte sich, weil sie sich dadurch besser fühlte, eingebildet, er würde eine ältere Version von Rudolf sein.

Jetzt sah sie, daß der König korpulent war. Sein rotes Gesicht stand in starkem Kontrast zu seinen schütteren weißen Haaren. Er hatte graue, buschige Augenbrauen und einen dicken, ungepflegten und ebenfalls grauen Schnurrbart.

Während der näher kam, dröhnte er mit einer Stimme, die Zorina unwillkürlich zusammenzucken ließ: »Ich muß mich entschuldigen, meine liebe junge Dame, daß ich mich als so säumiger Bräutigam gezeigt habe. Ich schäme mich sehr für mein Benehmen. Aber Sie werden mir natürlich verzeihen.«

Er brach in ein Lachen aus, das in diesem eleganten Raum

mit den Kristalleuchtern unpassend und recht gewöhnlich wirkte.

Zorina knickste. Der König nahm ihre Hand und war im Begriff, sie an die Lippen zu ziehen, als er aus irgendeinem Grund plötzlich zu taumeln schien.

Im gleichen Augenblick war auch schon ein Adjutant an seiner Seite, um ihn zu stützen.

Er hob den Kopf.

»Dinner!« rief er. »Ich nehme an, Sie sind alle hungrig. Ich bin es jedenfalls. Kommen Sie, worauf warten wir noch?«

Der Adjutant flüsterte ihm etwas ins Ohr.

»Ja, ja, natürlich«, erwiderte der König und bot Zorina den Arm. »Ich darf doch meine Braut nicht vergessen.«

Seine laute Stimme hallte in dem Raum wider, in dem sich tiefe Stille ausgebreitet hatte.

Zorina nahm seinen Arm und paßte ihre Schritte den seinen an. Der Adjutant stützte den König von der anderen Seite. Er blieb auch draußen auf dem Korridor neben ihm.

Zorina überlegte, ob der König wohl eine Art Schlaganfall erlitten habe. Das würde erklären, weshalb er so unsicher auf den Beinen war.

Was sie jedoch am meisten bewegte, war sein Alter. Sie konnte kaum noch an etwas anderes denken als daran, daß er noch viel älter war, als man ihr gesagt hatte. Sie hatte nicht erwartet, daß ein solcher Mann ein so wunderschönes Land wie Leothia regieren würde.

Ich muß mich bemühen, ihn zu mögen, dachte sie.

Seine körperliche Nähe erschreckte sie, Zorina war daher erleichtert, als sie im Speisesaal feststellte, daß man zwischen ihrem und dem Sessel des Königs einen recht großen Abstand gelassen hatte.

Sein goldgeschnitzter Sessel mit den Samtpolstern glich einem Thron, während der ihre – vermutlich weil sie noch keine Königin war – sich nicht von denen der anderen Gäste unterschied.

Zorina durfte sich gar nicht vorstellen, welche Unterschiede eine Ehe, sei es in kleinen wie auch in wichtigen Dingen, noch mit sich bringen würde.

Der König hatte nicht mehr das Wort an sie gerichtet, seit sie sich zu Tisch gesetzt hatten.

Während die anderen Gäste ihre Plätze einnahmen, führte er eine scheinbar erregte Diskussion mit einem Adjutanten, der hinter seinem Sessel stand.

Obwohl er seine Stimme dämpfte, hörte Zorina, die gute Ohren hatte, ganz deutlich, wie er sagte:

»Was zum Teufel soll das heißen? Ich will einen Drink und werde einen bekommen!«

Der Adjutant schien in noch leiserem Ton einen Einwand zu erheben.

»Ich will einen Drink!« wiederholte der König. »Wenn ich keinen kriege, gehe ich einfach!«

Der Adjutant gab auf, worauf ein Lakai das Glas des Königs mit Wein füllte.

Er nahm es und trank durstig daraus. Der Adjutant beugte sich vor und flüsterte ihm erneut etwas ins Ohr.

»Ja, natürlich«, erwiderte der König, trank noch einen Schluck Wein und sagte zu Zorina: »Ich trinke auf Ihre Gesundheit, Prinzessin, und heiße Sie in meinem Land willkommen. Lassen Sie mich noch hinzufügen – Sie sind ein sehr, sehr hübsches Mädchen.«

Als er sie, wie ihr schien, lüstern anschaute, sah sie, daß seine Augen blutunterlaufen waren.

Dann trank er sein Glas vollends aus und verlangte, daß es neu gefüllt würde.

Zorina war so verwirrt über das, was auf ihrer linken Seite geschah, daß sie kaum wahrnahm, daß der Kronprinz zu ihrer Rechten saß.

»Ihrem Vater scheint es besser zu gehen«, sagte sie schließlich im Konversationston. »Was hat ihm eigentlich gefehlt?«

Nach einer kleinen Pause antwortete der Kronprinz: »Er war nur ein bißchen indisponiert. Vermutlich hat er zuviel gearbeitet.«

Zorina setzte gerade zu einer Erwiderung an, da entdeckte sie Rudolf. Sie glaubte schon, sein Blick gelte ihr, bis sie merkte, daß er seinen Vater beobachtete. In seinen Augen stand ein Ausdruck zu lesen, der besorgt und ärgerlich zugleich war.

Zorina wußte, ohne daß man es ihr sagen mußte, daß mit dem König etwas nicht in Ordnung war.

Während das Dinner seinen Verlauf nahm und ein Gang nach dem anderen serviert wurde, merkte sie, daß der Kronprinz geflissentlich ihre Aufmerksamkeit in Anspruch nahm.

Das war nicht besonders schwer, da der König sich ganz auf die Mahlzeit konzentrierte, zu der er ein Glas Wein nach dem anderen hinunterschüttete.

Zorina war kaum in der Lage, ihm auch nur einen Blick zuzuwerfen. Sobald sie den Kopf drehte, sagte der Kronprinz: »Ach ja, da ist noch etwas, was ich Ihnen erzählen möchte. Es wird Sie bestimmt interessieren . . .«

Da alles, was er berichtete, so ungeheuer trocken und langweilig klang, nahm Zorina an, daß er nicht daran gewöhnt war, viel zu plaudern, anscheinend erledigte seine Frau gewöhnlich das Reden.

Die Kronprinzessin saß am anderen Ende der Tafel. Sie sprach in ihrer energischen, dominierenden Art mit dem Mann zu ihrer Rechten, dem Oberbefehlshaber der Armee, wobei sie sich der deutschen Sprache bediente.

Zorina war schon vor dem Dinner aufgefallen, daß die Kronprinzessin sie mit unmißverständlicher Abneigung betrachtete. Sie konnte sich den Grund dafür nicht vorstellen, sollte ihn aber bald erfahren.

Als der Kronprinz eine Atempause einlegte, erkundigte sie sich, ob er Kinder hätte.

»Ja, ich habe fünf Töchter«, antwortete er.

»Fünf Töchter«, wiederholte Zorina.

»Ich habe mir immer einen Sohn gewünscht«, sagte der Kronprinz mit dumpfer Stimme. »Unglücklicherweise war meine Frau nach der Geburt unseres letzten Kindes sehr krank. Wir dürfen daher keinen weiteren Familienzuwachs erwarten.«

Und plötzlich begriff Zorina. Der Grund, warum der König weitere Kinder haben wollte – sie schauderte bei dem Gedanken – lag klar auf der Hand: Der Kronprinz hatte keine Erben, und Rudolf war nicht verheiratet.

Zorina spürte eine unbändige Wut in sich aufsteigen. Warum hatte man ihr diese »unbedeutende« Tatsache verschwiegen?

Alles, was ihr seit ihrer Ankunft wie eine groteske Theatervorstellung vorgekommen war, wurde zur bitteren Realität.

Der König, dieser laute, rotgesichtige Mann, der neben ihr saß und Wein in sich hineinschüttete, wollte sie heiraten, weil sie jung war und er sich Söhne wünschte, um seine Nachfolge zu sichern!

Zorina wäre am liebsten aufgesprungen und hätte den Leuten, die an der Tafel saßen, zugeschrien, daß sie da nicht mitmachen würde. Sie hatte nur den einen Wunsch, dieses Land zu verlassen und nach England zurückzukehren.

Ich will nicht hierbleiben. Das kann ich nicht ertragen. Ich muß weggehen, dachte sie, während sie sich um Fassung bemühte.

Dann trafen sich ihre und Rudolfs Blicke. Er wußte, was sie empfand, weil er sie liebte. Es hatte den Anschein, als ob er sie anflehen wollte, keine Szene zu machen. Zorina hätte ihm gern gesagt, daß er etwas Unmögliches von ihr verlangte.

Ein lauter Krach neben ihr rief sie in die Wirklichkeit zurück. Zorina drehte sich erschrocken um.

Der König mußte wohl den Lärm veranstaltet haben, doch da sich ein Adjutant zwischen ihren und seinen Sessel gedrängt hatte, konnte sie nicht sehen, was geschehen war.

Die beiden Adjutanten brachten den König so schnell weg, daß einige der Gäste es nicht einmal bemerkten. Ob sie ihn trugen oder ob er zwischen ihnen ging, dessen war sich Zorina nicht sicher. Sie verschwanden mit fast unglaublicher Geschwindigkeit durch eine Seitentür.

Zorina starrte nur noch den leeren Sessel des Königs an.

Ein bedrückendes Schweigen senkte sich über die Anwesenden. Rudolf stand von seinem Platz auf und setzte sich in den Sessel neben Zorina, den sein Vater frei gemacht hatte.

Die Anwesenden begriffen sein Verhalten offenbar als Befehl, so zu tun, als ob nichts geschehen wäre. Sie nahmen ihre Gespräche wieder auf, und gleich darauf war der Raum von Stimmengewirr erfüllt.

»Was ist geschehen? Ist Ihr Vater krank?« fragte Zorina, die erneut an einen Schlaganfall dachte.

»Er fühlt sich nicht wohl«, erwiderte Rudolf. »Ich wollte

Ihnen schon den ganzen Abend sagen, wie bezaubernd Sie aussehen.«

Sie war zu klug, um nicht zu wissen, daß er nur das Thema wechseln wollte. Doch was spielte das schon für eine Rolle? Er war bei ihr und sprach mit ihr, alles andere zählte nicht. Sogar der König war für den Augenblick vergessen.

Rudolf unterhielt sich für den Rest des Dinners ausschließlich mit ihr.

»Sagen Sie mir, was Sie über mein Land denken, nachdem Sie es jetzt gesehen haben«, bat er.

Es gab nichts, was Zorina lieber getan hätte. Sie schilderte ihre Eindrücke in den lebhaftesten Farben. Ihre Worte waren gleichermaßen eine Liebeserklärung an das herrliche Land und an Rudolf.

»Und das Schloß? Entspricht es Ihren Erwartungen?«

»Es ist noch weit, weit schöner.«

»Freut mich, das zu hören. Meine Großmutter hat nicht nur die Fassaden verändern lassen, sondern es auch innen völlig neu eingerichtet. Sie war eine bemerkenswerte Person.«

»Sie haben sie sehr geliebt?«

»Nicht nur geliebt, sondern alle Frauen, die ich getroffen habe, an ihrer Schönheit und ihrem Wesen gemessen.«

Zorina verstand, was er ihr sagen wollte: Sie habe viel Ähnlichkeit mit dieser wunderbaren Frau.

Ihr wurde warm ums Herz. Die Ängste, die sie eben noch geplagt hatten, schienen sich plötzlich zu verflüchtigen.

»Sie wohnen in ihrem Zimmer. Ich habe dafür gesorgt, daß es in den gleichen Zustand wie zu ihren Lebzeiten versetzt wurde.«

Zorina nahm an, daß die Frau des Königs Änderungen vorgenommen hatte.

»Ich werde mich genauer umschauen, wenn ich nach oben gehe«, versprach sie.

»Vergessen Sie das kleine Wohnzimmer nicht. Als kleiner Junge saß ich dort oft bei ihr«, lächelte Rudolf. »Sie erzählte mir Geschichten von griechischen Göttinnen, die wie Sie ausgesehen haben müssen.«

Zorina sog den Atem ein.

Rudolf redete schnell weiter, als ob er fürchtete, schon zuviel gesagt zu haben.

»Ich habe Blumen für Sie bestellt; ich hoffe, sie gefallen Ihnen. Heute nacht finden Sie Orchideen in Ihrem Schlafzimmer. Seit dem Tode meiner Großmutter sind keine mehr gepflückt worden.«

»Sie sind bestimmt sehr schön«, erwiderte Zorina.

»So schön wie Sie«, sagte er mit kaum vernehmbarer Stimme.

Zorina verlor jegliches Zeitgefühl, so sehr genoß sie das Zusammensein mit Rudolf. Ihr schien es, als sei das Dinner bereits nach wenigen Minuten beendet.

Die Kronprinzessin erhob sich und führte die Damen aus dem Speisesaal. In dem Salon, in dem sie sich vor dem Dinner versammelt hatten, wurden Kaffee und Liköre gereicht.

Als sich die Herren zu ihnen gesellten, versuchte jeder, mit dem sich Zorina unterhielt, das Benehmen des Königs zu entschuldigen, ohne es jedoch auszusprechen. Alle schienen ihr helfen zu wollen, über den peinlichen Vorfall wegzukommen, ohne sich allzusehr aufzuregen.

Zorina wußte die mitfühlenden Blicke durchaus zu deuten; sie wunderte sich nur darüber, daß niemand den König und seinen scheinbaren Schwächeanfall konkret erwähnte.

Wenn er tatsächlich krank war, mußten sie sich doch Sorgen

machen, sich erkundigen, ob nach dem Arzt geschickt worden sei, und wissen wollen, wie seine Diagnose lautete.

Während sie diniert eingenommen hatten, waren an einem Ende des Salons Kartentische aufgestellt worden. Einige der älteren Verwandten fingen an, Whist zu spielen.

Zorina fand zu ihrem unbeschreiblichen Entzücken Rudolf an ihrer Seite. Sie wußte allerdings, daß er ohne diesen seltsamen Zwischenfall beim Dinner aller Wahrscheinlichkeit nach nicht in ihre Nähe gekommen wäre.

Die anderen Gäste nahmen wohl an, daß er sich aus Taktgefühl um sie kümmerte, und sie war entschlossen, das Beste daraus zu machen.

»Zeigen Sie mir doch einige von den Kostbarkeiten, die Ihre Großmutter ausgesucht hat«, bat sie.

Rudolf schenkte ihr ein Lächeln, bei dem ihr Herz einen Purzelbaum schlug, und führte sie zu einer Vitrine, die eine Sammlung von Schnupftabakdosen enthielt.

Die Vitrine stand am anderen Ende des Raumes, weit entfernt von den Kartenspielern.

Rudolf öffnete die Vitrine, damit Zorina die Schnupftabakdosen genauer betrachten konnte. Sie stellte fest, daß es sich um außergewöhnliche Kunstwerke handelte.

Sie waren mit Brillanten und anderen Edelsteinen verziert. Manche Decke schmückte eine Miniatur.

Nachdem sich Zorina vergewissert hatte, daß sie nicht belauscht werden konnten, fragte sie leise: »Habe ich mich bisher so verhalten, wie Sie es sich gewünscht haben?«

»Sie waren wunderbar – ganz und gar wunderbar.«

»Hat Ihnen meine kleine Rede gefallen?«

»Nur Ihnen konnte es einfallen, sich bei den Anwesenden zu bedanken, und das ist Ihnen perfekt gelungen.«

»Ich wollte Sie erfreuen.«

»Sie haben an mich gedacht?«

»Ich kann kaum an etwas anderes denken.«

»O mein Liebling . . .« begann er, um sofort wieder zu verstummen. In seinen Augen stand die ganze Qual zu lesen, die er empfand.

»Bitte, seien Sie nett zu mir!« flehte sie. »Ich habe so schreckliche Angst.«

Sie mußte ihm nicht erklären, daß sie dabei an den König dachte.

Auf Rudolfs Stirn bildeten sich ein paar steile Falten. Er preßte die Lippen zu einer schmalen Linie zusammen.

»Ich weiß, daß wir nichts tun können«, sagte Zorina, »aber bitte helfen Sie mir. Sonst kann ich nicht weitermachen.«

»Daran haben Sie beim Dinner gedacht.«

»Nur Sie können das verstehen«, flüsterte Zorina. »Wenn Sie mir nicht helfen, werde ich weglaufen.«

»Das ist Erpressung«, sagte Rudolf vorwurfsvoll, aber um seine Lippen spielte ein Lächeln, und seine Augen funkelten.

»Ich werde Sie erpressen, wenn es sein muß. Ich werde auch vor Ihnen auf die Knie fallen, wenn es denn sein muß, nur lassen Sie mich nicht allein!«

»Jetzt denken Sie nur an sich selbst und nicht an mich.«

Er lachte – ein sehr zärtliches Lachen –, ehe er hinzusetzte: »Wie kann ein Mädchen, das so klug ist, gleichzeitig so wunderschön, so unberührt, so kindlich aussehen?«

»Falls ich das bin, sind Sie der einzige, der das zu schätzen weiß.«

Sie wußten beide, daß sie auf das Benehmen des Königs anspielte. Rudolfs Finger, die auf der Vitrine lagen, verkrampften sich.

»Es ist unerträglich«, stöhnte er, »absolut unerträglich!«

»Aber ich kann Sie sehen und mit Ihnen reden«, sagte Zorina.

Sie hatten ihre Positionen unwillkürlich vertauscht. Plötzlich tröstete sie ihn, während zu Beginn eigentlich er sie trösten wollte.

Rudolf schwieg, doch seine Augen sagten mehr als alle Worte.

»Ich liebe Sie«, sagte Zorina leise, »und ich kann nichts dagegen tun.«

Rudolf schaute sie nur stumm an.

Nach kurzem Schweigen flüsterte sie: »Versprechen Sie mir, daß Sie nicht weggehen, zumindest nicht, bevor ich verheiratet bin.«

Bei den letzten Worten brach ihre Stimme. Sie wandte das Gesicht ab, damit er die Tränen in ihren Augen nicht sah.

»Ich werde bleiben!« sagte er so feierlich, als ob er einen Schwur ablegte. »Gott verleihe mir die Kraft, es zu ertragen.«

6

Beim Frühstück stellte Zorina fest, daß ein Adjutant ihr das Tagesprogramm gebracht hatte.

»Ich fürchte, du wirst heute sehr beschäftigt sein«, sagte Prinzessin Louise, die mit ihrer Tochter zusammen im Wohnzimmer frühstückte.

Zorina studierte das Programm und seufzte: Vor dem Lunch sollte sie drei Abordnungen empfangen. Anschließend war eine Inspektion der Hochzeitsgeschenke geplant, die in einem der Staatsgemächer aufgebaut waren. Für den Nachmittag hatten sich zwei weitere Abordnungen angesagt.

Die Aussicht auf einen schrecklich langen Tag mit einer Reihe von langweiligen, nicht enden wollenden Reden stimmte sie nicht gerade froh.

»Du solltest dich nicht überanstrengen, damit du morgen nicht müde bist«, warnte ihre Mutter, die sich eine weitere Tasse Kaffee einschenkte.

»Was soll morgen so Besonderes sein?«

»Morgen wirst du in feierlichem Aufzug zum Parlament fahren.«

Zorina schaute ihre Mutter interessiert an.

»Wir müssen für diese Gelegenheit eines deiner hübschesten Kleider wählen. Es ist das erste Mal, daß dich die Leute aus der Stadt zu sehen bekommen. Außerdem sollten wir den Mitgliedern des Parlaments die Chance geben, dich zu bewundern.« Prinzessin Louise lächelte.

Zorina wußte, daß ihre Mutter versuchte, ihr das Programm so schmackhaft wie möglich zu machen, und sie kannte auch den Grund.

»Wird der König mich begleiten?« fragte sie ohne Umschweife.

»Selbstverständlich, Liebes«, versicherte die Prinzessin schnell. »Ich bin sicher, daß er bis dahin wieder gesund ist.«

Sie stand vom Tisch auf.

»Du solltest dich beeilen, damit du fertig bist, wenn die erste Delegation kommt – ich glaube, es sind die Bürgermeister.«

Zorina behielt recht mit ihrer Annahme, daß die Reden langatmig und trocken seien. Auch war sie es zur Lunchzeit leid, sich bei den Abordnungen für die Hochzeitsgeschenke zu bedanken, die sie ihr mit großem Zeremoniell überreicht hatten.

Wie sie erwartet hatte, ließ sich der König nicht blicken. Der Kronprinz hatte seine Stelle eingenommen.

Das Mittagessen war eine reine Familienmahlzeit, an der zu ihrer Freude auch Rudolf teilnahm.

Die Kronprinzessin beherrschte das Gespräch bei Tisch. Ein Anarchist hatte auf einen ihrer Verwandten, den regierenden Großherzog eines kleinen Landes, ein Attentat verübt. Er lebte noch, hatte aber einen Arm verloren.

»Es ist eine Schande, daß gegen diese Verbrecher nichts unternommen wird!« wiederholte sie mehrmals mit ihrer harten Stimme. Sie bediente sich wieder ihrer eigenen Sprache, weil sie darin ihre Gefühle besser ausdrücken konnte.

»Es gibt kaum etwas, was man tun kann«, erwiderte der Kronprinz. »Keiner ahnt, wer sie sind oder wo sie sich verstekken – bis sie zuschlagen.«

»Natürlich, so etwas mußt du ja sagen, Karl«, sagte seine Frau scharf. »Das ist doch nur eine Entschuldigung dafür, daß die Behörden zu faul sind, etwas zu tun.«

Sie benahm sich so aggressiv, daß Zorina sie verwundert anschaute. Die offen gezeigte Abneigung zwischen Mann und Frau erfüllte sie mit Unbehagen. Immerhin war es möglich, daß sie in nicht allzu ferner Zeit den König mit den gleichen Gefühlen betrachtete.

Die Angst vor der Zukunft drohte sie zu überwältigen.

Rudolf, der ihr am Tisch gegenübersaß, warf ihr einen verständnisvollen Blick zu.

Irgendwie verschwand ihre Panik, weil er da war und weil sie ihn liebte.

Zorina hörte der Kronprinzessin, die behauptete, das

Ganze sei eine Frage der Organisation seitens der Armee und der Polizei, nicht länger zu.

Prinzessin Louise löste die Tafel auf, indem sie darauf hinwies, es würde spät und Zorina müsse ein wenig Zeit haben, um sich für die Besichtigung der Hochzeitsgeschenke fertig zu machen.

»Wie kann die Kronprinzessin in Gegenwart von uns allen so barsch mit Prinz Karl sprechen?« fragte Zorina ihre Mutter, während sie zu ihren Zimmern gingen.

»Sie ist keine angenehme Person«, erwiderte Prinzessin Louise. »Ich bin sicher, daß Königin Victoria ihr Benehmen mißbilligen würde.«

Zorina ging in ihr Zimmer. Als sie fertig war, wartete bereits ein Adjutant, um sie und ihre Mutter nach unten zu geleiten.

Es stellte sich heraus, daß die Besichtigung der Geschenke eine recht offizielle Angelegenheit war.

Der Lordkämmerer und einige Mitglieder des Hofes, die sie begleiteten, erklärten ihnen bis ins Detail, von wem jedes Geschenk stamme und welche Bedeutung es habe.

Am Ende des Rundgangs konnte sich Zorina, so undankbar es auch aussehen mochte, für keine der großen Schalen, Becher, Tabletts und Platten, seien sie nun aus Gold oder Silber, mehr begeistern.

Es war ihr nicht einmal möglich, Interesse für den kostbaren Schmuck – Geschenke der Verwandten des Königs – zu heucheln.

Obwohl einige Stücke sehr attraktiv waren, dachte sie nur daran, daß sie sie bei Staatsempfängen tragen mußte, bei denen auch der König anwesend war.

Zorina erinnerte sich unwillkürlich an sein rotes Gesicht mit den blutunterlaufenen Augen und an sein merkwürdiges Benehmen in der vergangenen Nacht.

Schließlich neigte sich auch dieser anstrengende Tag seinem Ende zu.

Prinzessin Louise erklärte, sich unbedingt ausruhen zu müssen.

»Ich weiß, daß heute abend eine Dinnerparty stattfindet, und möchte mir keine Unehre machen, indem ich an der Tafel einschlafe«, sagte sie.

Zorina lachte.

»Das würde mich sehr wundern, Mama«, erwiderte sie. »Du hast aber recht. Ich möchte mich ebenfalls hinlegen.«

Sie entschuldigten sich bei der Gesellschaft, zu der auch die Kronprinzessin gehört hatte. Da die Hochzeitsgeschenke offenbar ihren Neid erregt hatten, hatte sie fast an jedem Teil etwas auszusetzen gefunden.

»Du hast dich sehr gut benommen, Liebes«, lobte die Prinzessin, als sie und Zorina nach oben gingen. »Versuch ein bißchen zu schlafen oder lies in einem der interessanten Bücher, die ich im Wohnzimmer entdeckt habe.«

Zorina wußte, daß ihre Mutter in Wirklichkeit etwas ganz anderes meinte, was sie nicht aussprechen wollte – nämlich daß sie ihre Hochzeit vergessen sollte, die in drei Tagen stattfinden würde.

Nachdem sie ihre Mutter in ihr Zimmer gebracht hatte, überquerte Zorina den Korridor. Sie war gerade im Begriff, ihre eigene Tür zu öffnen, als ein Mann in der königlichen Livree auf sie zueilte.

Er blieb stehen und sagte atemlos: »Ich bitte um Entschuldigung, Königliche Hoheit, aber Seine Majestät hat den Wunsch geäußert, Sie zu sehen.«

»Seine Majestät?« wiederholte Zorina erstaunt.

»Ja, Königliche Hoheit, er hat mich beauftragt, Sie zu ihm zu bringen.«

Zorina holte tief Luft.

»Ich komme sofort.«

Sie wandte sich dem Ende des Korridors zu, wo die Suite des Königs lag, wie sie wußte.

»Seine Majestät befindet sich in seinen Privatgemächern, Königliche Hoheit«, sagte der Mann.

Zorina sah ihn überrascht an. Während sie in die entgegengesetzte Richtung gingen, stellte er sich vor: »Ich bin Josef, der Kammerdiener Seiner Majestät.«

»Sie bringen mich in die Privatgemächer Seiner Majestät?«

»Ja, Königliche Hoheit. Seine Majestät benutzt die Suite in diesem Teil des Schlosses nur bei sogenannten Staatsaffären.«

Zorina war zwar der Meinung, daß es sich bei der Heirat des Königs um eine solche handelte, äußerte aber nichts dergleichen.

»Seine Majestät bevorzugt seine Zimmer im Südflügel. Dorthin werde ich Sie jetzt bringen, Königliche Hoheit.«

Nachdem sie schweigend einen, wie es Zorina schien, ziemlich weiten Weg zurückgelegt hatten, gingen sie über eine Seitentreppe ins untere Stockwerk. Inzwischen mußten sie am anderen Ende des Schlosses angekommen sein.

Josef ging zu einer eindrucksvollen Tür und öffnete sie.

Zorinas Lippen waren trocken. Sie spürte ein beklemmendes Gefühl in der Brust.

»Ihre Königliche Hoheit, Prinzessin Zorina«, meldete Josef.

Dann war sie auch schon im Zimmer, und die Tür schloß sich hinter ihr.

Auf den ersten Blick erkannte sie, daß sich dieser Raum beträchtlich von denen in den anderen Teilen des Schlosses unterschied. Das Zimmer war alltäglich, keineswegs anziehend und außerdem unordentlich.

Der König stand vor einem Schrank, dessen Tür offenstand. Die Regale waren voller Flaschen und Gläser. Er hatte eine Flasche in der Hand und goß den Inhalt in ein Glas, das er in der anderen hielt.

Als sie angemeldet wurde, stellte er die Flasche hin, behielt aber das Glas in der Hand.

Zorina sah zu ihrem Erstaunen, daß er seine Jacke ausgezogen hatte und ein weißes Hemd trug, das am Hals offen war. Seine Hosen wurden von Hosenträgern festgehalten. Sie war so überrascht, daß sie ihn nur anstarren konnte.

Da ihr Vater schon seit Jahren tot war, konnte sie sich nicht erinnern, wann sie das letzte Mal einen Mann in Hemdsärmeln gesehen hatte.

»Da sind Sie ja«, sagte er, während sie sich ihm unsicher näherte.

Zorina knickste.

»Ihr Kammerdiener hat mir mitgeteilt, daß Ihre Majestät mich zu sehen wünschen«, sagte sie zögernd.

Der König trank ein paar Schlucke, dann stellte er das Glas ab.

»Mein älterer Sohn hat mich darauf aufmerksam gemacht, daß ich mich bei Ihnen für mein Benehmen von vergangener Nacht entschuldigen muß«, sagte er mit schwerer Stimme.

»Das ist nicht nötig«, brachte Zorina, die ihn nicht ansehen konnte, mühsam heraus.

»Er schien anderer Meinung zu sein. Außerdem sollte ich Ihnen sagen, daß ich Sie sehr schön finde.«

Zorina blickte zu Boden. Die Situation war ihr peinlich, und sie wünschte, daß Prinz Karl sich nicht eingemischt hätte.

»Sie sind sehr hübsch«, lallte er. »Ich bin wirklich ein sehr glücklicher Mann.«

In seiner Stimme schwang ein Unterton mit, der Zorina ängstigte.

Noch ehe sie sich richtig darüber klar wurde, trat der König auf sie zu und umarmte sie.

»Sehr hübsch«, wiederholte er. »Sie werden mir die Kinder schenken, die ich mir wünsche.«

Er zog sie enger an sich. Zorina stieß einen Schrei aus, als ihr bewußt wurde, daß er sie küssen wollte.

Sie wehrte sich so heftig, daß der Mund des Königs nur ihre Wange berührte, während sein buschiger Schnurrbart ihre Lippen streifte.

Als ihr sein alkoholgeschwängerter Atem ins Gesicht schlug, wurde ihr beinahe übel.

Sie preßte die Hände gegen seine Brust und stammelte: »Nein . . . nein . . ., lassen Sie mich los!«

Der König war kräftiger, als sie angenommen hatte. Seine Arme umschlangen sie fester. Sie spürte seine heißen Lippen auf ihrer Haut.

Zorina warf den Kopf zurück und schob ihn mit ganzer Kraft von sich weg. Allem Anschein nach hatte sie ihn so überrascht, daß sich sein Griff lockerte. Diesen Augenblick nutzte sie, um ihm einen kräftigen Stoß zu versetzen.

Er machte eine Bewegung, um ihr auszuweichen. Dabei stolperte er und krachte rückwärts zu Boden, wobei er mit dem Hinterkopf die geschnitzte Ecke eines Sessels streifte.

Er gab ein Stöhnen von sich, das fast ein Schrei war, dann schloß er die Augen und rührte sich nicht mehr.

Zorina erstarrte vor Entsetzen. Sie konnte kaum glauben, was geschehen war – daß der König regungslos vor ihren Füßen lag.

Auf der anderen Seite des Zimmers ging eine Tür auf, und eine Frau kam angerannt. Sie hatte rote Haare und war mittleren Alters.

Zorina hielt sie für eine Dienerin, bis sie sie genauer anschaute und sah, daß sie ein Negligé aus Seide und Spitzen trug.

Die Frau kniete sich neben den König und legte ihm eine Hand auf die Stirn, die andere auf sein Herz.

»Es tut mir leid«, sagte Zorina.

»Warum haben Sie ihn niedergeschlagen?« fragte die Frau wütend.

Sie sprach ungarisch, und Zorina antwortete in der gleichen Sprache. »Es tut mir sehr leid«, wiederholte sie. »Ich wollte ihm nicht weh tun.«

»Nun, Sie haben ihn gestoßen, und jetzt ist er ohne Bewußtsein.«

»Das wollte ich nicht.«

»Sie werden seine Königin sein, das sollte Ihnen doch genügen!« fuhr die Frau sie an. »Sie täten besser daran, auf Ihrer Seite des Schlosses zu bleiben und nicht hierher zu kommen, wo er mir gehört!«

»Er gehört Ihnen?«

»Kann sein, daß Ihnen niemand etwas gesagt hat. Aber warum sollen Sie nicht die Wahrheit erfahren? Wir leben seit zwölf Jahren wie Mann und Frau zusammen. Ich habe ihn für die vorige Königin nicht aufgegeben, und Sie werden ihn auch nicht bekommen.«

Zorina starrte sie fassungslos und ungläubig an.

»Sie können gern die Kinder bekommen, um die sie alle so viel Theater machen«, fuhr die Frau fort. »Ich habe ihm drei Söhne geschenkt. Mit ihm ist also alles in Ordnung – im Gegensatz zu seinem Sohn, der es nur zu Töchtern gebracht hat.«

Diese letzten Worte spuckte die Frau geradezu verächtlich aus.

Sie machte eine Pause, um ihre Hand unter das Hemd des Königs zu schieben und die Brust über seinem Herzen zu massieren.

Mit einer Stimme, die Zorina kaum als ihre eigene erkannte, fragte sie: »Haben Sie gerade gesagt, daß Sie dem König drei Söhne geschenkt haben?«

»Ja, und es sind feine Jungen«, erwiderte die Frau. »Und ein weiteres Kind ist unterwegs.«

Sie zog ihre Hand aus dem Hemd des Königs zurück.

»Es ist sinnlos, daß Sie da stehen und staunen«, sagte sie. »Sie haben genug Unheil angerichtet. Gehen Sie und überlassen Sie ihn mir. Und kommen Sie nicht wieder, haben Sie mich verstanden?«

Zorina schnappte nach Luft. Sie drehte sich auf dem Absatz um und rannte zur Tür. Als sie sie erreichte, merkte sie, daß Josef durch die gleiche Tür wie die Frau ins Zimmer gekommen war.

Da sie die Gewißheit hatte, daß er sich um den König kümmern würde, verließ sie das Zimmer. Der Korridor war leer. Zum Glück fand sie sofort die Treppe, die sie und Josef benutzt hatten, und lief hinauf ins obere Stockwerk.

In ihrem Zimmer angelangt, holte sie das Cape aus dem Schrank, das sie während der Überfahrt auf dem Schiff getragen hatte, und legte es sich um die Schultern. Schließlich nahm sie noch einen Chiffonschal, bedeckte damit ihre Haare und zog ihn tief ins Gesicht, damit man möglichst wenig davon sah.

Zorina verließ ihr Zimmer, ging ein Stück des Weges zurück, den sie gekommen war, bis hin zu einer Treppe, von der man ihr gesagt hatte, daß sie in den Garten führe.

Niemand war zu sehen. Rein instinktiv und nicht etwa, weil ihr Verstand funktionierte, fand Zorina die Tür zum Garten und trat ins Freie.

Es hatte den Anschein, als ob sie genau wüßte, wohin sie gehen wollte und was sie tun mußte.

Die Bäume warfen bereits lange Schatten, und die Sonne versank hinter den Bergen, als sie das Westtor des Schlosses erreichte.

Unter den Hochzeitsgeschenken hatte sich auch eines befunden, das vom Meisterbäcker der Stadt stammte. Er hatte ein Modell des Schlosses sowie seiner Umgebung in Zucker nachgebildet.

Der Bäcker hatte Zorina auf die einzelnen Eingänge aufmerksam gemacht. Zum Westtor hatte er eine besondere Erklärung abgegeben.

»Ich bin sicher, daß Sie dieses Tor benutzen, um sich unsere berühmten Wasserfälle anzuschauen, Königliche Hoheit«, sagte er.

»Sie sind nicht nur berühmt, sondern auch sehr schön«, bemerkte der Kronprinz.

»Die Fälle waren schon da, bevor das Schloß erbaut wurde«, fuhr der Bäcker fort. »Das Wasser, das von einem unterirdischen Fluß in den Bergen kommt, fällt viele hundert Meter tief in einen See unten im Tal.«

Voller Stolz erklärte er: »Es ist das herrlichste Naturschauspiel, das wir in Leothia haben. Sie werden begeistert sein, Königliche Hoheit.«

»Da bin ich mir ganz sicher«, hatte Zorina erwidert.

Als sie das Westtor erreichte, zog sie das Cape enger um sich, um ihr weißes Kleid zu verhüllen, und beugte den Kopf, damit man sie nicht erkannte.

Die Wachen schenkten ihr keine Beachtung. Sie standen neben dem Tor, das offenbar nicht regelmäßig benutzt wurde, und unterhielten sich.

Zorina folgte einer staubigen Straße, die sich nach einigen Metern zu einem schmalen Weg verengte, der sich zwischen Olivenbäumen hindurchschlängelte. Als sie das Rauschen von Wasser hörte, wußte sie, daß die Fälle nicht mehr weit sein konnten.

Sie waren so herrlich, wie der Bäcker sie beschrieben hatte. Das Wasser stürzte in silbernen Kaskaden über die Felsen. Tief unten war ein Stück von dem See zu sehen, den es speiste. Der See schien recht groß zu sein. In einiger Entfernung glaubte Zorina einige Badehütten zu erkennen. Wohnhäuser gab es hier anscheinend keine.

Ich werde tot sein, wenn ich im Wasser aufschlage, überlegte sie.

Zorina setzte sich auf einen Felsblock, um noch ein wenig zu warten. Sie wollte kein Risiko eingehen – für den Fall, daß doch jemand in der Nähe war, der vielleicht versuchen würde, sie zu retten.

Ich werde mich in meinem Cape hinunterstürzen, dachte sie. Wenn meine Leiche gefunden wird, wird man an einen Unglücksfall glauben.

Sie fing an, klarer zu denken.

Das Bild des Königs, der sie zu küssen versuchte, und die

Art, wie er zu Boden gestürzt war, standen ihr noch deutlich vor Augen. Doch der Schock schwand langsam.

Jetzt begriff sie, daß er trank. Vorher war sie zu unwissend gewesen, um die Zusammenhänge zu erkennen.

Es war bestimmt nicht sein Wunsch gewesen, wieder zu heiraten und weitere Kinder zu bekommen – vermutlich hatten der Premierminister oder Mitglieder des Kabinetts ihn dazu gedrängt.

Warum sollte der König auch eine andere Frau haben wollen, hatte er doch diese merkwürdige Ungarin und ihre drei Söhne?

Es wollte ihr immer noch nicht in den Kopf, daß diese Frau ein weiteres Kind von ihm erwartete, während er gleichzeitig beabsichtigte, eine andere zu heiraten.

»Wie können diese Leute mir zumuten, etwas so Entwürdigendes zu tun, wie diese Ehe einzugehen?« murmelte sie.

Doch natürlich wußte sie die Antwort. Für Leothia zählte nur eines – Thronerben, die halfen, dem Land die Unabhängigkeit zu erhalten.

»Ich kann es nicht«, sagte sich Zorina. »Da ist es leichter, zu sterben.«

Der Wasserfall schien sie zu hypnotisieren. Die letzten Strahlen der Sonne verwandelten das Wasser in Gold. Dann färbte es sich purpurn, daß es wie Blut aussah.

Es schien, als ob sie in Glanz und Glorie sterben würde. Vielleicht würde nur Rudolf, wenn er erfuhr, was geschehen war, sie verstehen.

Zorina fürchtete ein wenig, daß sie im letzten Augenblick vor dem zurückschrecken könnte, was sie tun mußte. Oder, was schlimmer war, daß jemand sie finden und ins Schloß zurückbringen würde.

Bei diesem Gedanken wurde sie von Panik erfaßt.

Sie konnte nicht die Frau eines Mannes werden, der zuviel trank und der in jeder Beziehung – außer vor dem Gesetz – bereits mit einer anderen verheiratet war, die sich offensichtlich etwas aus ihm machte.

Als sie sich ins Gedächtnis zurückrief, wie sein Schnurrbart ihre Lippen gestreift hatte, überkam sie ein tiefer Ekel. Wie konnte sie sich von einem solchen Mann anfassen lassen? Die Vorstellung, sein Kind zu empfangen, war so widerwärtig, daß sie nicht einmal daran denken durfte.

»Ich muß schnell sterben«, flüsterte sie.

Wenn man sie zurückbrächte, würde ihr die Flucht vielleicht niemals mehr gelingen.

Zorina stand von ihrem Felsblock auf und trat ein paar Schritte näher an den Wasserfall heran.

Sie brauchte sich nur noch hineinzuwerfen, und es würde sie mit unwiderstehlicher Gewalt in die Tiefe reißen. Falls ein Wunder geschähe und sie den Sturz über die Felsen überlebte, wäre sie bestimmt nicht mehr bei Bewußtsein, wenn sie im See ertrank.

Das alles schien ganz einfach zu sein. Und wenn es wirklich ein Leben nach dem Tod gab, würde ihr Vater auf sie warten.

»Hilf mir, Papa, bitte hilf mir!« betete sie.

Zorina glaubte ihren Vater zu sehen, der ihr zulächelte, wie er es getan hatte, als sie noch ein Kind gewesen war.

Sie holte tief Luft und streckte die Hände aus, als ob sie ihr Gesicht vor dem ersten Aufprall schützen wollte.

Als sie vom Rand des Wasserfalles hinweggezerrt wurde, stieß sie einen Schrei aus. Sie erlebte einen Augenblick tiefsten Entsetzens. Dann umfaßten sie zwei starke Arme, und sie hörte eine tiefe Stimme:

»Mein Liebling, mein süßer, süßer Liebling, wie konnte dir nur einfallen, so etwas Schreckliches zu tun? Wie konntest du mich verlassen?«

Zorina stockte der Atem. Als Rudolfs Lippen von ihrem Mund Besitz ergriffen, schien die Welt um sie her in strahlendes Licht getaucht zu sein.

Er küßte sie wild und leidenschaftlich, bis sie an nichts anderes mehr denken konnte, als daß er da war und sie ihm ganz und gar gehörte.

Eine Ewigkeit verging, bevor Rudolf den Kopf hob.

»Ich liebe dich, o mein Gott, wie sehr liebe ich dich.«

Dann küßte er sie wieder, diesmal langsam und unendlich zärtlich.

Während sie sich enger an ihn schmiegte, hatte sie das Gefühl, mit ihm zu verschmelzen. Sie gehörte ihm mit Leib und Seele. Ohne ihn konnte es für sie kein Leben geben.

Sie schaute zu Rudolf auf. Dann stöhnte sie qualvoll: »Ich kann nicht zurück ins Schloß. Bitte laß mich sterben!«

»Denkst du wirklich, ich will dich verlieren?«

»Du verstehst das nicht. Du kannst das nicht verstehen.«

»O doch, Liebling, ich verstehe dich. Ich weiß jetzt, daß man etwas Unmögliches von dir verlangt hat.«

»Ist dir das wirklich klar?« fragte Zorina zweifelnd.

Rudolf antwortete nicht.

»Du hast gewußt, wie er ist, und daß er Kinder mit einer anderen Frau hat. Wie konntest du mich da bitten, ihn zu heiraten?«

Ihre Stimme drohte zu versagen. Sie versteckte ihr Gesicht an seinem Hals.

Er hielt sie fest an sich gepreßt.

»Die Mitglieder des Kabinetts waren der Meinung, Leothia

würde von einer englischen Königin in vielerlei Hinsicht profitieren. Woher sollte ich wissen, wie konnte ich auch nur ahnen, daß die kleine Göttin, in die ich mich auf den ersten Blick verliebte, die Frau war, die man meinem Vater zugedacht hatte?«

»Ich kann nicht wieder zurück«, wiederholte Zorina, als ob jede Erklärung überflüssig wäre.

»Das mußt du auch nicht«, erwiderte Rudolf. »Ich nehme dich mit mir.«

Sie hob den Kopf und schaute ihn überrascht an.

»Wohin willst du mich bringen?«

Er sah sie an, als ob er sie nie zuvor gesehen hätte und sich ihre Schönheit einprägen müßte.

»Hast du genügend Mut, mein Liebling, um dich einem Skandal auszusetzen? Einem Skandal, der bedeutet, daß wir beide in die Verbannung geschickt werden, du aus deinem Land und ich aus dem meinen?«

»Ich werde alles auf der Welt ertragen, solange ich mit dir zusammensein darf.«

Rudolf lächelte. In seinen Augen stand ein zärtlicher Ausdruck.

»Wenn das der Fall ist, gibt es keine Probleme. Komm jetzt, je eher wir hier verschwinden, desto besser.«

Er drückte sie noch einmal an sich und küßte sie. Es war ein zärtlicher Kuß, mit dem er ihren Bund besiegelte.

Zorina hatte keine klare Vorstellung von dem, was geschehen würde – wichtig war nur, daß Rudolf nicht beabsichtigte, sie ins Schloß zurückzubringen.

Sie folgten ein Stück dem Weg, den sie gekommen war, bis sie zu einer Stelle kamen, wo sein Pferd unter den Bäumen friedlich Gras zupfte.

»Ich war gerade im Palast eingetroffen, als ein Adjutant, mit dem ich befreundet bin, mir mitteilte, er habe erfahren, daß der Kammerdiener meines Vaters dich zu ihm gebracht hatte«, erklärte Rudolf.

»Der König hat nach mir geschickt«, murmelte Zorina.

»Ich war bei ihm, wenige Minuten nachdem du gegangen warst. Er hatte das Bewußtsein wieder erlangt, und ich hörte, was geschehen war.«

Seine harte Stimme verriet, wie wütend er gewesen sein mußte.

»Ich ging sofort in dein Zimmer, um dich zu suchen. Hildegard sagte mir, du seist nicht da, aber dein Schrank stehe offen, und dein Cape fehle.«

»Wie konntest du wissen, wo ich hingegangen war?«

Rudolf hob sie in den Sattel seines Pferdes.

»Mein Ahnungsvermögen, deine Person betreffend, scheint gut ausgebildet zu sein. Ich hatte große Angst, du würdest hierherkommen.«

»Ich wollte sterben.«

»Das wußte ich in dem Augenblick, als ich dich sah. Dem Himmel sei Dank, daß ich noch zur rechten Zeit gekommen bin.«

Rudolf sprang hinter ihr aufs Pferd.

Mit dem linken Arm preßte er sie an sich, während er mit der rechten Hand die Zügel hielt.

Sie ritten den steilen Abhang hinunter. Rudolf lenkte sein Pferd im Zickzack zwischen den Bäumen hindurch. Als sie das Tal erreichten, kamen sie schneller vorwärts.

Die Sonne war gesunken, am Himmel zeigte sich nur noch ein rötlicher Schimmer. Die Bauern hatten ihre Felder längst verlassen.

Die ersten Lichter waren hinter den Fenstern der kleinen Häuser zu sehen, an denen sie vorbeiritten.

Zorina glaubte zu träumen, aber dennoch war sie sich Rudolfs Nähe sehr bewußt.

Seine Gegenwart gab ihr das Gefühl von Geborgenheit, das sie so lange vermißt hatte. Plötzlich schien sie auf Wolken zu schweben.

»Ich liebe dich, mein Schatz, und welchen Schwierigkeiten wir uns auch gegenübersehen mögen, wir werden sie gemeinsam überwinden«, sagte er, als ob sie ihm eine Frage gestellt hätte.

»Ich liebe dich mehr, als ich sagen kann«, flüsterte Zorina. »Daher wollte ich lieber sterben als ohne dich leben.«

Als Rudolf mit den Lippen ihren Kopf berührte, hatte sie das Gefühl, ein Blitz durchzucke ihren Körper.

Ihr wurde so schwindlig vor lauter Glück, daß sie nur noch ihre Wange an seine Schulter schmiegen und Gott danken konnte, daß sie beisammen waren.

Sie ritten eine ganze Weile, bis Rudolf in einen schmalen Weg einbog, der zwischen hohen Bäumen hindurchführte.

»Wo reiten wir hin?« fragte Zorina.

»Wir lassen uns trauen.«

»Jetzt, in diesem Augenblick?« fragte sie verwundert.

»Danach wird es keine Argumente, keine Unklarheiten mehr geben. Wenn du erst meine Frau bist, kann dich mir niemand mehr wegnehmen.«

»O . . . Rudolf . . .«

Zorinas Augen füllten sich mit Tränen. Schließlich fragte sie, weil sie diese Fragen einfach stellen mußte: »Bist du dir ganz sicher? Bist du sicher, daß du einen Skandal ertragen kannst, daß es dir nichts ausmacht, aus deinem eigenen Land verbannt zu sein?« Sie atmete tief ein. »Ich bin unwichtig«, redete sie schnell weiter. »Niemand machte sich meinetwegen die geringsten Sorgen, bevor es sich Königin Victoria in den Kopf setzte, mich mit deinem Vater zu verheiraten. Bei dir ist das etwas anderes. Du bedeutest viel für Leothia.«

»Nichts ist von Bedeutung, außer daß du mir gehörst«, antwortete Rudolf.

»Angenommen, du bedauerst eines Tages, mich geheiratet zu haben?«

»Meine Liebe zu dir ist das Schönste und Vollkommenste, was mir je geschehen konnte.«

»Das ist etwas anderes.«

»Keineswegs. Wir brauchen einander, wir lieben einander, wir können ohne einander nicht leben. Das hätte ich längst erkennen müssen.«

Rudolf brachte sein Pferd vor einer kleinen Hütte zum Stehen, die aus Holzbalken gebaut war. Noch ehe sie das Kreuz über der Tür erblickte, wußte Zorina, daß es eine Kapelle war.

Rudolf lächelte, als er die Verwunderung in ihren Augen sah. Er sprang vom Pferd und hob sie aus dem Sattel.

»Liebling, du wirst jetzt einen Mann treffen, der mir immer ein guter Freund gewesen ist und den ich mehr bewundere, als jeden anderen Menschen.«

Er ließ sein Pferd grasen, nahm sie bei der Hand und führte sie die drei Stufen hinauf, die zur offenen Tür führten.

Es war die seltsamste Kapelle, die Zorina je gesehen hatte. Die Säulen bestanden aus ganzen Baumstämmen, und die Holzwände waren mit einer Kunstfertigkeit geschnitzt und bemalt, wie sie nur den Handwerkern aus dem Balkan zu eigen war.

Zorina hätte sich gern genauer umgesehen, doch Rudolf schob sie vorwärts zu der Stelle, wo vor dem Altar am Kopfende der Kapelle ein weißhaariger Mann kniete und betete.

Als er bemerkte, daß sie hinter ihm standen, bekreuzigte er sich und erhob sich von den Knien.

Rudolf ließ Zorinas Hand los und kniete sich vor den Priester. Der alte Mann legte ihm die Hand auf den Kopf.

»Ich freue mich, dich zu sehen, mein Sohn.«

»Ich habe Sie vermißt, Pater«, sagte Rudolf, »und jetzt brauche ich Ihre Hilfe.«

»Dazu bin ich hier«, erwiderte der Priester.

Rudolf stand wieder auf.

»Pater, ich bitte Sie, mich und dieses Mädchen zu trauen, das Gott mir zur Ehefrau bestimmt hat.«

Er streckte die Hand aus und zog Zorina heran.

Sie hatte das Gefühl, daß der Priester ihr tief in die Seele blickte.

»Nichts würde mir größere Freude bereiten, als euch im heiligen Stand der Ehe zu vereinen.«

»Ich wußte, daß Sie das sagen würden«, lächelte Rudolf.

Der Priester schlüpfte in sein mit exquisiten Stickereien versehenes Meßgewand.

Rudolf nahm Zorina das Cape von den Schultern und legte es auf eine der geschnitzten Kirchenbänke. Zorina lockerte den weißen Chiffonschal, den sie über dem Kopf und um den Hals getragen hatte. Als er ihr über die Schultern fiel, wirkte er zu ihrem weißen Kleid wie ein Brautschleier.

Der Priester, der zu seinem Meßgewand zu Zorinas größtem Erstaunen einen roten Kardinalshut auf dem Kopf trug, trat vor sie hin. Ohne ein Buch zu benutzen, sprach er in Lateinisch die wundervollen Worte der Trauungszeremonie.

Die Kapelle schien von Engelsstimmen erfüllt zu sein. Als Rudolf ihre Hand in die seine nahm, wußte sie, daß ihre Träume in Erfüllung gegangen waren.

Die Liebe, die sie für einander empfanden, hatte ihnen Gott geschenkt.

Zorina betete, daß sie ihn glücklich machen und daß er niemals bedauern würde, so viel für sie aufgegeben zu haben.

Sie betete auch, daß Leothia nicht darunter leiden würde, daß sie weggelaufen war und daß sich eine neue Königin finden würde, die ihren Platz einnehmen konnte.

Als der Priester sie segnete, wußte sie, daß die Welt sie vielleicht verurteilte, daß sie in den Augen Gottes jedoch das Richtige taten.

Der Priester legte ihnen die Hände auf die Köpfe, dann kniete er sich wieder vor den Altar und setzte, wie Zorina annahm, die Gebete fort, bei denen sie ihn mit ihrer Ankunft gestört hatten.

Rudolf half Zorina auf die Füße. Er glaubte, noch nie ein so strahlendes und glückliches Gesicht wie das seiner Frau gesehen zu haben. Hand in Hand verließen sie die kleine Kapelle.

Während sie bereits wieder zu Pferd unterwegs waren, flüsterte Zorina: »So habe ich mir immer meine Hochzeit erträumt.«

»Ich wußte, es würde dir gefallen«, erwiderte Rudolf. »Pater Augustine war Kardinal, ein Kirchenfürst, bevor er sich zurückzog, um Gott auf seine Weise zu ehren – im Wald, unter Tieren und Vögeln, die ihm vertrauen und zu ihm kommen, wenn sie verletzt oder hungrig sind.«

»Wie wunderbar!« rief Zorina.

»Nur wenige Menschen, darunter ich selbst, genießen das Privileg, seine Freunde zu sein.«

»Ich war sicher, daß Gott uns seinen Segen geben würde.«

»Das habe ich ebenfalls empfunden«, stimmte Rudolf zu. »Wir denken gleich, fühlen gleich und sind von nun an eine Person.«

Er küßte sie sanft auf die Lippen und freute sich darüber, wie glücklich und entspannt Zorina wirkte.

Nachdem sie eine ganze Strecke schweigend zurückgelegt hatten, fragte Zorina: »Wohin gehen wir?«

»An einen versteckten Ort, ein Haus, das einem Freund von mir gehört, der seine Ferien in Griechenland verbringt. Er leiht mir sein Haus, wann immer ich es haben will. Ich denke, es ist genau das richtige für unsere Flitterwochen.«

»Jeder Ort ist wundervoll, wenn ich dort mit dir zusammen bin«, flüsterte Zorina.

Sie ritten noch eine Weile und erreichten schließlich auf halber Höhe des Berges ein kleines Holzhaus. Rudolf erzählte, daß er schon oft darin Zuflucht gesucht habe.

»Immer wenn ich das Leben im Schloß nicht länger aushalten konnte«, sagte er, »wenn mein Vater und meine Schwägerin so unerträglich wurden, daß ich nur noch den Wunsch hatte, wegzulaufen.«

Rudolf lächelte.

»Du darfst nicht mehr an die Vergangenheit denken. Für uns ist nur noch die Zukunft wichtig. Meine bezaubernde kleine Frau, wir beginnen ein neues Kapitel in unserem Leben, und zwar ein sehr aufregendes.«

Zorina schaute ins Tal hinunter. Die Aussicht von hier war völlig anders als vom Schloß. Man hatte einen weit besseren Blick auf die Berge mit den schneebedeckten Gipfeln und den Fluß, der sich zwischen den Feldern hindurchschlängelte. Am Himmel erstrahlten soeben die ersten Sterne.

Im Haus hatte Rudolf bereits die Scheite in dem großen, offenen Kamin angezündet. Den Boden bedeckten die Felle von Wölfen und Bären, die in den Wäldern geschossen worden waren.

An den Holzwänden hingen Hirschgeweihe und einige schöne Landschaftsmalereien.

Die Einrichtung bestand aus einem bequemen Sofa und einigen großen Lehnsesseln, einem Tisch aus poliertem Holz und Regalen, in denen das bemalte Tongeschirr stand, das von der Landbevölkerung hergestellt wurde.

Wenn das Wohnzimmer schon auf seine Art reizvoll war, das Schlafzimmer war bezaubernd.

Jemand, der viel Phantasie besaß, hatte in das Fuß- und Kopfende des Bettes alle Blumen eingeschnitzt, die im Tal zu finden waren, und sie in ihren natürlichen Farben angemalt.

Die Wände waren weiß gestrichen, dazu paßten die ebenfalls weißen Vorleger aus Schafwolle, die den Boden bedeckten, hervorragend.

Die Samtvorhänge vor den Fenstern zeigten das gleiche Blau wie der Himmel.

Das Zimmer war so wunderschön, daß Zorina dachte, es hätte für sie entworfen sein können.

Rudolf, der scheinbar ihre Gedanken lesen konnte, lächelte: »Früher habe ich mich in diesem Zimmer immer einsam gefühlt, jetzt weiß ich, daß du mir gefehlt hast.«

»O Liebling, jetzt bin ich ja hier.«

»Meinst du, ich weiß das nicht?« fragte er.

Er zog sie in die Arme und küßte sie, heiß, leidenschaftlich und besitzergreifend, als ob er gleichzeitig um sie werben und sie erobern wollte.

»Bevor ich dich so liebe, wie ich dich lieben möchte, muß

ich dir erst etwas zu essen geben«, sagte er, nachdem er sich mit Mühe von ihr losgerissen hatte. »Ich fürchte zwar, unser Abendbrot wird ein bißchen kärglich ausfallen, aber dafür werde ich dich morgen besser füttern.«

Zorina lachte. Für sie war nur wichtig, daß Rudolf bei ihr war. Sie waren so glücklich, daß es beinahe keine Rolle spielte, ob sie nun aßen oder nicht.

Später versuchte sie sich zu erinnern, woraus das Mahl bestanden hatte – ein paar Zwiebäcke und Honig, dazu ein herrlich duftender Kaffee.

Was immer es gewesen war, es hatte herrlich geschmeckt, weil sie Rudolf in die Augen sehen und seine Stimme hören durfte.

Ihre Lippen waren für seine Küsse bereit.

Rudolf versorgte sie mit einer Schüssel Wasser zum Waschen und ging nach draußen, um Holzscheite für den Kamin im Schlafzimmer zu holen.

Er war kaum gegangen, als sich Zorina auch schon auszog und rasch ins Bett schlüpfte, denn sie schämte sich ein wenig, weil sie nur noch ihr Hemd trug.

Rudolf kam herein, entledigte sich der Holzscheite, die er mitgebracht hatte, und schaute sie an.

Im Licht der Kerze, die auf dem Nachttisch brannte, die gemalten Blumen im Rücken, wirkte Zorina, deren Haare offen über ihre nackten Schultern flossen, wie eine Elfe, die sich aus den Schneegipfeln ins Tal hinunter verirrt hatte.

»Ich liebe dich«, sagte er mit seiner tiefen Stimme.

»Ich liebe dich auch.«

Ihr Herz klopfte wie wild, als er näher kam und sich auf ihr Bett setzte.

Er ergriff ihre Hand, und als er spürte, daß ihre Finger

bebten, fragte er: »Du fürchtest dich doch nicht etwa vor mir?«

»Natürlich nicht. Wie könnte ich mich vor dir fürchten? Du bedeutest alles für mich, Sicherheit und Geborgenheit, Liebe und Glück.«

In ihrer Stimme schwang Leidenschaft mit. Dann sagte sie in verändertem Ton: »Ich fürchte mich nur vor einem.«

»Und das wäre?«

»Daß ich dich enttäusche und du bereust, mit mir weggelaufen zu sein.«

»Glaubst du wirklich, ich könnte jemals bereuen, was wir getan haben?«

Er beugte sich zu ihr herunter, um sie zu küssen, dann löschte er die Kerze und zog die Vorhänge zurück. Zorina sah die Sterne, die wie Brillanten am dunklen Himmel funkelten.

Nur das Feuer, das Rudolf im Kamin entzündet hatte, spendete ein wenig Licht.

Während Zorina auf ihn wartete, wurde eine wilde Erregung in ihr wach, wie sie sie nie zuvor erlebt hatte.

Und dann lag Rudolf neben ihr. Sie spürte seinen kräftigen Körper.

Keine Frau vor mir hat je eine solche Seligkeit erlebt, dachte sie, als er sie zärtlich an sich zog.

Als seine Hände über ihren Körper glitten und er ihren Hals und ihre Brüste küßte, glaubte sie vor Glück zu vergehen. Ihr war, als ob er sie zu den weißen Gipfeln der Berge trüge und weiter hinauf zu den funkelnden Sternen.

Während ihre Körper miteinander verschmolzen, erlebte Zorina die Vollkommenheit ihrer Liebe – einer Liebe, die allen Stürmen des Lebens trotzen und ewig währen würde.

7

Zorina träumte, daß Rudolf sie küßte. Als sie die Augen öffnete, stellte sie fest, daß es kein Traum gewesen war. Er saß auf ihrem Bett und lächelte.

Die Sonnenstrahlen, die durch das Fenster fielen, erfüllten den Raum mit einem goldenen Licht.

»Du siehst am Morgen wunderschön aus, Liebling.«

»Ich liebe dich«, erwiderte Zorina.

»Und ich liebe dich. Ich bin sicher, daß du hungrig bist, darum habe ich uns alles für ein gutes Frühstück besorgt.«

Er war angezogen, trug aber keine Jacke.

Der letzte Mann, den sie in Hemdsärmeln gesehen hatte, war der König, kam es ihr in den Sinn.

Sie verdrängte diese Erinnerung, legte die Arme um Rudolfs Nacken und zog seinen Kopf zu sich herunter.

»Es war eine wunderbare Nacht«, flüsterte sie.

»Ich habe dich nicht erschreckt oder dir weh getan, Liebling?«

»Ich war glücklich wie nie zuvor.«

Er küßte sie zärtlich auf die Nasenspitze.

»Ich werde jetzt die Eier für dein Frühstück kochen«, verkündete er fröhlich.

Zorina stieß einen kleinen Schrei aus.

»Das muß ich tun.«

»Ich nehme an, daß ich ein besserer Koch bin als du.« Rudolf lächelte und verließ den Raum.

Zorina sprang aus dem Bett, wusch sich in dem kalten Wasser, das eine Spur von Schnee in sich hatte, und zog sich an.

Zum ersten Mal wurde ihr bewußt, daß sie nur das Kleid hatte, in dem sie zu den Wasserfällen gelaufen war. Aber warum sollte sie sich Sorgen um ihre Kleidung machen? Wichtig war nur, daß sie mit Rudolf zusammen war.

Als sie ins Wohnzimmer trat, sah sie, daß er bereits den Tisch gedeckt hatte. Er brachte aus der Küche eine Pfanne mit, die gebratene Eier enthielt.

»Ich sagte dir doch, daß ich das tun wollte«, protestierte Zorina. »Hausarbeit schickt sich nicht für einen königlichen Prinzen.«

Sie wollte ihn nur necken, doch er antwortete ernst: »Ich bin kein Prinz mehr, nur ein einfacher Mister Rudolf. Du wirst dir einen bürgerlichen Namen ausdenken müssen, den wir in Zukunft tragen werden, Liebste.«

Einen Augenblick lang bedauerte Zorina, daß er kein Prinz mehr war – sah er doch genau so aus, wie man sich einen Prinzen vorstellte.

»Das ist völlig unwichtig«, erwiderte sie dann. »Wichtig ist nur, daß wir zusammengehören.«

»Genau das wollte ich hören.«

Er holte Kaffee aus der Küche, einen kleinen Laib frisch gebackenes Brot, ein Stück goldene Butter und zu Zorinas Entzücken ein Körbchen mit verschiedenen Früchten.

»Woher kommt das alles?« fragte sie. »Hast du es herbeigezaubert?«

»Die Frau, die für meinen Freund das Haus in Ordnung hält, wohnt nicht weit von hier entfernt. Sie war ärgerlich, daß wir sie von unserem Kommen nicht benachrichtigt haben.«

Er machte eine Pause, dann sagte er leise. »Aber ich wollte letzte Nacht lieber allein mit dir sein.«

»Das habe ich mir auch gewünscht.«

Während sie sich an den Tisch setzte, dachte Zorina, daß es nichts Schöneres geben könnte, als in diesem kleinen Holzhaus mit Rudolf allein zu sein.

»Mir geht es genauso, Liebling«, sagte er, als hätte er ihre Gedanken gelesen. »Wir werden uns überlegen müssen, wohin wir gehen und wo wir in Zukunft leben wollen«, fügte er hinzu.

»Ich habe Gewissensbisse – wegen Mama«, sagte Zorina leise.

»Sobald wir Leothia verlassen haben, kannst du ihr schreiben, daß wir zusammen und sehr glücklich sind. Im übrigen wäre ich sehr erstaunt, wenn sie ahnungslos wäre. Da wir beide gleichzeitig verschwunden sind, müßte sie eigentlich wissen, daß du in meiner Obhut bist.«

»Hoffentlich denkt sie sich das.«

Mit der kleinen, ängstlichen Stimme, die er so gut kannte, fragte Zorina: »Wird man uns verhaften, wenn man uns hier findet?«

»Ich weiß es nicht«, antwortete Rudolf ehrlich. »Es könnte sein, daß mein Vater beleidigt ist, weil du weggelaufen bist, und Rachegefühle hegt. Ich glaube aber nicht, daß er sich besonders anstrengen wird, dich zu finden.«

»Wen haben wir dann zu fürchten?«

»Ich habe keine Ahnung. Es war der Premierminister, der darauf bestand, mein Vater müsse eine Engländerin heiraten. Die Mitglieder des Hofes waren meines Wissens dagegen.«

»Sie müssen doch über sein Leben Bescheid gewußt haben.«

»Natürlich wußten sie von Maria und den Kindern«, bestätigte Rudolf, »doch das hielten sie in politischer Hinsicht für unerheblich.«

Da er so selbstverständlich und beinahe gleichgültig über diese Angelegenheit sprach, vergaß Zorina ihre Empörung und ihren Ekel zumindest teilweise. Sie erkannte plötzlich, daß ihr Schock so überwältigend gewesen war, weil sie sich niemals hätte vorstellen können, daß sich ein Gentleman, geschweige denn ein König, so aufführen würde.

Rudolf, der sie beobachtete, konnte in ihren Augen lesen wie in einem offenen Buch.

»Ich war wohl sehr töricht und sollte mich für mein Benehmen schämen«, sagte sie mit einer Stimme, die ein wenig zitterte.

Rudolf nahm ihre Hand und küßte sie.

»Ich bete dich an, mein Schatz, weil du so unschuldig und unverdorben bist. Es war lediglich schlimm und ganz falsch, daß du daran gedacht hast, dir das Leben zu nehmen.«

Nach einer Pause fuhr er fort: »Andererseits wurde uns da endlich bewußt, daß wir nicht länger die Augen davor verschließen konnten, daß wir zusammengehören.«

»Das ist wahr. Ich kann nicht ohne dich leben!« rief Zorina heftig. »Wenn sie dich mir wegnehmen, will ich sterben.«

Er stand auf, zog sie in die Arme und küßte sie so innig, als ob er immer noch fürchtete, er könnte sie verlieren.

Geraume Zeit später, die Sonne stand schon hoch am Himmel, und es war sehr heiß geworden, küßte Rudolf Zorina und schlug vor: »Komm, wir gehen jetzt und fangen uns unseren Lunch.«

Als Zorina ihn erstaunt anblickte, erklärte er: »Das habe ich schon oft so gehalten. Die Forellen aus dem Fluß schmekken delikat.«

Zorina lachte glücklich.

»Du denkst immer nur ans Essen«, neckte sie ihn, »während ich in diesem bezaubernden Zimmer bleiben und an die Liebe denken möchte.«

»Bildest du dir wirklich ein, ich dächte an etwas anderes?« fragte Rudolf.

Er küßte ihre nackte Schulter und streichelte ihr rotgoldenes Haar, das über das Kissen floß.

»Wenn all meine Haarnadeln weg sind, bleibt mir nichts anderes übrig, als mit offenen Haaren herumzulaufen. Außerdem habe ich nur ein Kleid zum Anziehen«, beklagte sie sich.

Im Augenblick lag es auf dem Boden, wo Rudolf es achtlos hingeworfen hatte, nachdem er sie zum Bett getragen und sie ausgezogen hatte.

»Dann werde ich mir in dieser Beziehung wohl etwas einfallen lassen müssen«, sagte er. »Frau Toger kann uns zwar mit Eiern und den notwendigen Lebensmitteln versorgen, ich bezweifle aber, daß sie dir etwas zum Anziehen leihen kann. Sie ist groß und ziemlich fett.«

Für einen Augenblick erinnerte sich Zorina an die eleganten Kleider, die in ihrem Schrank im Palast hingen und die Königin Victoria ihr geschenkt hatte.

Sie wußte, daß sie sie nur haben wollte, um für Rudolf schön zu sein. Sonst waren sie ohne jede Bedeutung.

»Ich persönlich liebe dich, wie du bist«, flüsterte er und streichelte ihre weiche Haut.

»Ich werde frieren, wenn die Sonne untergeht«, erwiderte Zorina lachend.

»Nicht, wenn ich dich in meinen Armen halte.«

Als er anfing, ihre Brüste zu küssen, empfand sie wieder dieses Glücksgefühl, das sich zu einer unbeschreiblichen Seligkeit steigerte.

Wieder flogen sie zu den Berggipfeln empor. Die Sonnenstrahlen entzündeten in ihnen ein Feuer, das sie ganz und gar verzehrte.

»Du hast einen gefangen!« rief Zorina aufgeregt.

Der Fisch, der am Haken hing, zappelte, als Rudolf ihn auf das Netz zuzog, das Zorina in den Händen hielt.

Nachdem Rudolf noch drei weitere Forellen gefangen hatte, gingen sie mit ihrer Beute triumphierend zu ihrem kleinen Haus zurück.

Zorina hatte inzwischen erfahren, daß der Besitzer, Rudolfs Freund Bernard, es für das Mädchen eingerichtet hatte, das in sechs Monaten seine Frau werden sollte.

»Warum warten sie so lange?« erkundigte sich Zorina.

»Ihr Vater hat auf einer langen Verlobungszeit bestanden, für den Fall, daß einer von ihnen noch seine Meinung ändern würde.«

»Da das Haus mit so viel Liebe eingerichtet wurde, bin ich sicher, daß das nicht der Fall sein wird. Ich hatte nicht die Chance, meine Meinung zu ändern.«

»Wolltest du das denn?«

Zorina schlang die Arme um seinen Nacken.

»Ich weiß nicht, warum du so lange gezögert hast, mich davonzutragen.«

Sie schmiegte ihre Wange an die seine.

»Für mich bist du wie der Ritter aus dem Märchen, der die Prinzessin vor dem Drachen rettet. ›Und sie lebten glücklich bis ans Ende ihrer Tage . . .‹«

»Daran werden wir uns halten.«

Zorina drückte sich ein wenig enger an ihn.

»Da ist noch etwas, was ich dir sagen möchte.«

»Was denn?«

»Du weißt, daß ich kein Geld habe«, sagte sie, »und du wirst das deine möglicherweise in Leothia zurücklassen müssen. Wo immer wir auch leben, ich werde unbeschreiblich glücklich sein.«

Ehe er etwas erwidern konnte, fuhr sie fort: »Ob es ein Zelt oder eine Höhle ist, ob ich arbeiten muß, um für unseren oder den Unterhalt unserer Kinder zu sorgen, ich werde Gott jeden Tag dafür danken, daß ich deine Frau bin – die glücklichste Frau auf der ganzen Welt.«

Ihre Worte kamen aus der Tiefe ihres Herzens. Rudolf war so gerührt, daß er sie sanft und zärtlich küßte.

Es war offensichtlich, daß nur seine Küsse seine tiefen Gefühle ausdrücken konnten.

Zorina und Rudolf lachten viel, während sie mit großem Appetit ihr delikates Essen verspeisten. Da die Sonne heiß vom Himmel brannte, legten sie sich anschließend in den Schatten, um sich auszuruhen.

Abgesehen vom Rauschen des Wasserfalls war kein Geräusch zu hören.

Sie plauderten über viele Dinge, nicht nur über sich selbst und ihre Zukunft. Rudolf erzählte von seinen Reisen in ferne Länder und fremde Städte.

Zorina, die Hampton Court nie verlassen hatte, war nur im Geist gereist, mit Hilfe der vielen Bücher, die sie gelesen hatte. Das hatte ihren Verstand geschärft und ihr Wissen in einem Maß erweitert, daß Rudolf sicher war, nie zuvor eine so intelligente Frau kennengelernt zu haben.

»Ich muß dir so vieles zeigen, Liebling«, sagte er. »Eines aber kannst du mir jetzt schon glauben. Weder das Taj Mahal, die Pyramiden noch die Akropolis sind so schön, wie du es bist.«

»Und kein griechischer Gott, nicht einmal Apollo, könnte dir das Wasser reichen«, erwiderte Zorina.

Rudolf lachte.

»Bewahre dir diesen Glauben«, sagte er, »ich werde nämlich ein sehr eifersüchtiger Ehemann sein. Wenn ich dich dabei erwischen sollte, daß du einen anderen Mann auch nur anschaust, werde ich dich schlagen oder gar erwürgen.«

Diesmal lachte Zorina.

»Ich fürchte, du wirst noch sehr eingebildet, wenn ich ständig beteure, wie wunderbar ich dich finde. Und daß für mich kein anderer Mann existiert.«

Nach einer Pause setzte sie hinzu: »Für mich bist du ein Gott oder ein Ritter in schimmernder Rüstung – du kannst es dir aussuchen.«

Rudolf mußte sich dazu zwingen, sie allein zu lassen, weil er sich bei Frau Toger Eier, frisches Brot und andere Lebensmittel holen wollte.

Während seiner Abwesenheit räumte Zorina das Haus auf und deckte den Tisch fürs Abendessen. Sie wußte, daß sie noch nie im Leben so glücklich gewesen war.

In Wahrheit hatte sie nicht einmal geahnt, daß ein solches Glück existierte und wie sehr sich das ganze Leben veränderte, wenn man verliebt war.

Zorina glaubte Rudolf, wenn er versicherte, er würde es niemals bedauern, Rang und Namen aufgegeben zu haben.

Ihr eigener Titel war ohne jede Bedeutung gewesen, als sie und ihre Mutter verarmt im Hampton Court Palast gewohnt hatten.

In seinem Fall war es anders. Nicht nur, daß er in einem

Palast aufgewachsen war, er hatte auch den Respekt des Hofstaates genossen. Er hatte seine Pferde gehabt und Diener, die ihn umsorgten, ob er zu Hause oder auf Reisen war.

Konnte sie ihn dafür entschädigen, daß er ihretwegen so viel verlor?

Zorina wußte, daß die Antwort ›ja‹ lautete.

Sie verband eine Liebe, wie sie Gott geschaffen hatte, und nach der viele – bewußt oder unbewußt – sehnsüchtig suchten.

Manche würden sie nie finden. Doch für die Glücklichen wie sie beide war sie ein kostbares Gut.

Sie konnten nur auf die Knie sinken und beten, daß ihnen dieser Schatz nie verlorenginge.

Als Zorina Rudolf den Weg heraufkommen hörte – in einer Hand trug er einen mit Lebensmitteln gefüllten Korb, in der anderen eine Tasche –, lief sie ihm entgegen, fiel ihm um den Hals und küßte ihn, als ob er jahrelang weg gewesen wäre.

»Ich habe dich schrecklich vermißt!« rief sie. »Seit deinem Weggehen ist eine kleine Ewigkeit verstrichen.«

»Laß mich zuerst die Lebensmittel abstellen, damit ich dir sagen kann, wie sehr ich dich vermißt habe«, erwiderte Rudolf.

Sie küßten einander, bis Zorina erklärte, daß sie sehr hungrig sei und daß sie mit den Vorbereitungen für das Abendessen beginnen sollten.

»Frau Toger ist beleidigt, weil wir ihre Hilfe noch nicht in Anspruch genommen haben«, erzählte Rudolf. »Ich habe ihr versprochen, daß wir morgen ausgehen würden. Dann kann sie kommen und das Haus putzen. Außerdem kann sie noch einige Eßwaren mitbringen und mir so einen Weg ersparen«, setzte er hinzu.

»Ich habe das Haus selbst gesäubert und aufgeräumt«, erwiderte Zorina. »Falls du denkst, ich hätte nicht anständig gearbeitet, wäre ich sehr beleidigt.«

»Ich sehe, du hast hart gearbeitet. Ich werde dir deinen Lohn ausbezahlen – in Küssen natürlich.«

»Ich bin sehr teuer«, warnte Zorina.

Er überschüttete sie mit Küssen, bis ihnen einfiel, daß sie dringend etwas essen mußten.

Während des Abendessens – es war ihnen schließlich doch noch gelungen, ein Mahl zuzubereiten – unterhielten sie sich über alles mögliche, bis die Sonne hinter den Bergen verschwand und die ersten Sterne am Himmel funkelten.

Zorina lief ein kleiner Schauer über den Rücken.

»Ich werde Feuer machen, Liebling«, sagte er. »Es wird kühl, und du bist für den Wind, der von den Bergen herunterweht, nicht entsprechend angezogen.«

»Ich kann mir das Cape umhängen.«

»Ich habe eine bessere Idee. Laß uns ins Bett gehen. Ich denke, da ist es wärmer. Außerdem entfällt für mich dann die Notwendigkeit, zwei Feuer anzuzünden.«

»Und ich denke, daß du nur eine Ausrede für deine Faulheit suchst«, neckte Zorina.

Als er sie in seine Arme nahm, spürte sie, daß in ihm bereits ein Feuer brannte; auch ihren Körper begannen kleine Flammen zu durchzucken.

»Was fangen wir heute an?« fragte Zorina am nächsten Morgen, nachdem sie es sich nicht hatte nehmen lassen, in die Küche zu gehen, um das Frühstück zu machen.

Er stand in der offenen Tür in der Sonne und beobachtete sie, wie sie aus der Küche kam. Ihr Gesicht war von der Hitze des Herdes gerötet, ein paar Locken fielen ihr in die Stirn.

Rudolf war sicher, noch nie eine so bezaubernde junge Frau gesehen zu haben. Er wußte, daß er sich wild und unwiderruflich in sie verliebt hatte.

Zorina weckte Gefühle in ihm, deren er sich nicht für fähig gehalten hatte.

Als er neben ihr in der Kapelle gekniet und der Kardinal sie getraut hatte, hatte er sich geschworen, daß er sie sein ganzes Leben lang umsorgen und beschützen würde.

Mit jedem Augenblick, den er in ihrer Nähe verbrachte, wuchs sein Verlangen nach ihr.

Sie unterschied sich nicht nur auf Grund ihrer Schönheit, sondern auch in ihrer Reinheit von allen Frauen, die er gekannt hatte.

Die Schärfe und Klarheit ihres Verstandes entzückten ihn ebenso wie die Unbefangenheit und Leidenschaft, mit der sie sich ihm hingab.

Aber es war mehr als das. Ihre Seele war eins mit seiner Seele, sie waren einander geistig genauso nahe, wie sie es körperlich waren.

»Das Frühstück ist fertig!« rief Zorina, nachdem sie die letzte Schüssel auf den Tisch gestellt hatte.

Rudolf ging auf sie zu.

»Habe ich dir heute morgen schon gesagt, daß ich dich liebe?«

Ihre Augen leuchteten. Sie wandte sich ihm mit einer zärtlichen kleinen Bewegung zu, die ihn rührte.

Er glitt mit den Lippen über ihre weiche Wange, bevor er ihre Augen, ihre kleine gerade Nase und dann ihren Mund küßte.

»Ich will dich haben«, sagte er rauh, als er sie erbeben spürte. »Das Frühstück kann warten.«

Zorina stieß einen kleinen Schrei aus.

»Das geht nicht! Ich habe mir so viel Mühe damit gegeben.«

Sie setzte sich an den Tisch und schenkte Kaffee ein.

Rudolf lächelte.

»Verweigerst du dich mir – zum ersten Mal –, und lehnst du es etwa ab, mir zu gehorchen?«

»Ich will nur, daß du dich vernünftig benimmst.«

»Wenn ich mich vernünftig benehmen soll, mußt du dein Gesicht verhüllen.«

Rudolf machte eine Pause, ehe er hinzusetzte: »Ich bin entschlossen, mir von Frau Toger einen ihrer Schals und einen handgestrickten Rock auszuleihen, die du tragen kannst.«

Zorina lachte.

»Wenn du mir nicht bald etwas zum Anziehen kaufst, werde ich darauf zurückgreifen müssen.«

»Darüber reden wir heute nachmittag. Ich bin so glücklich hier, daß ich nicht weggehen mag.«

»Ich empfinde genauso«, erwiderte Zorina und streckte ihm die Hand entgegen. »O Liebling, was bedeuten schon Kleider? Laß uns so lange wie möglich in unserem kleinen Paradies bleiben.«

Rudolf küßte ihre Hand, bevor er sehr ruhig sagte: »Ich bete dich an.«

Nach dem Frühstück überließen sie es Frau Toger, den Tisch abzuräumen.

»Wenn es dir nicht zuviel wird, könnten wir ein Stück den Berg hinaufklettern«, schlug Rudolf vor.

»Ich wüßte nicht, was ich lieber täte«, stimmte Zorina zu.

»Die Aussicht von dort oben ist atemberaubend. Man kann beinahe ganz Leothia überblicken.«

Zorina kam der Gedanke, daß Rudolf vielleicht dabei dem Land, in dem er geboren war, Lebewohl sagen wollte, doch sie sprach es nicht aus.

»Ich muß so gehen, wie ich bin«, sagte sie nur. »Wenn ich ohne Hut von der Sonne verbrannt werde, wird dir nichts anderes übrigbleiben, als mich trotzdem zu lieben.«

»Nimm deinen Chiffonschal«, schlug er vor, »ich möchte nicht, daß deine Haut unter der Sonne leidet.«

Zorina lächelte. Sie wollte gerade ins Haus gehen, um den Schal zu holen, als sie zufällig ins Tal hinunterschaute. Sie zuckte zusammen.

Auf dem Weg, der zu ihrem Haus führte, waren zwischen den Bäumen einige Reiter zu erkennen.

Zorina stieß einen kleinen Schrei des Entsetzens aus und eilte zu Rudolf, der am Flußufer stand.

Schon bevor sie ihn erreichte, sah er an ihrem Gesichtsausdruck, daß etwas nicht in Ordnung war.

»Liebling, was ist los?« fragte er.

»Sie haben uns entdeckt, o Rudolf, sie haben uns entdeckt! Wo können wir uns verstecken?«

Er folgte der Richtung ihres Blickes. Es waren sechs Männer zu Pferde, die den Weg heraufgeritten kamen.

Rudolf zog Zorina mit sich ins Haus. Sie sah, daß er seine Krawatte aus dem Schrank nahm und sich um den Hals band. Offenbar beabsichtigte er, die ungebetenen Gäste in aller Würde zu empfangen. Zorina holte seine Jacke und legte sie aufs Bett.

Dann ging sie zum Spiegel und richtete sich ihre Frisur, die bei weitem nicht mehr so modisch war wie vor einigen Tagen, als sie aus dem Schloß geflohen war.

Da ihre Haare so lang und dicht waren, schlang sie sie

lediglich zu einem Knoten zusammen, den sie mit den wenigen Haarnadeln, die sie noch besaß, so fest wie möglich am Hinterkopf feststeckte.

Rudolf schlüpfte in seine Jacke und legte ihr den Arm um die Schultern.

»Kein Grund, sich zu fürchten, Liebling«, sagte er ruhig.

»Meinst du, sie wollen mich holen?« fragte sie mit bebender Stimme.

»Du bist meine Frau – und das ist unwiderruflich.«

»Bist du dir auch ganz sicher?«

Die Angst in ihrer Stimme war nicht zu überhören.

»Du mußt mir vertrauen.«

Als er sie sanft küßte, spürte er, daß sie zitterte.

Sie sprach kein Wort, doch er wußte, was sie dachte. Wenn sie getrennt würden, wollte sie sterben.

Rudolf hielt den Kopf hoch erhoben und wirkte, ohne sich dessen bewußt zu sein, sehr würdevoll und königlich. Er nahm Zorina an der Hand und ging mit ihr ins Wohnzimmer.

Die Sonne schien hell durch die Fenster, doch für Zorina wirkte die Welt plötzlich düster. Sie war aus dem strahlenden Licht der Berge – dem Sinnbild ihrer Liebe – in das tiefe Tal der Verzweiflung gefallen.

Das erste Pferd erreichte das Plateau, auf dem das kleine Haus stand.

Rudolf rührte sich nicht. Sie standen Seite an Seite mit dem Rücken zum Kamin und warteten.

Stimmen waren zu hören, Schritte, dann ging die Tür auf, und der Lordkämmerer kam herein.

Rudolfs Finger umschlossen Zorinas Hand fester.

Ihr Herz klopfte wie wild. Sie bemühte sich, ihr Zittern zu unterdrücken.

Wenn Rudolf den Kopf hochhalten konnte, dann konnte sie es auch. Nur ihre Augen verrieten die Angst, die sie beinahe verzehrte.

Der Lordkämmerer stand einen Augenblick da, schaute sie an und lächelte, ehe er sich verbeugte.

»Guten Morgen, Sire«, sagte er. »Ich bin froh, daß mich mein Gefühl nicht getrogen hat, daß ich Sie hier finden würde.«

Er näherte sich Rudolf und beugte unerwartet vor ihm das Knie. »Der König ist tot«, sagte er. »Lang lebe der König!«

Rudolf schien sich in Stein verwandelt zu haben, während Zorina nicht das geringste begriff.

Der Lordkämmerer stand wieder auf.

»Ich bin der Überbringer schlechter Nachrichten, Sire«, sagte er ernst. »Gestern ist ein Unglück geschehen. Als Seine Majestät in Begleitung des Kronprinzen auf dem Weg zum Parlament war, hat ein Anarchist eine Bombe in den offenen Wagen geworfen.«

Er machte eine Pause. Da Rudolf und Zorina offenbar unfähig waren, auch nur ein Wort herauszubringen, sprach er leise weiter.

»Der Anarchist wurde von den Begleitpersonen erschossen. Für den König sowie Prinz Karl kam jede Hilfe zu spät. Ich bitte Sie daher, Sire, in den Palast zurückzukehren und Ihre neue Stellung einzunehmen.«

»Es ist mir unvorstellbar, wie das geschehen konnte«, erwiderte Rudolf fassungslos. »Das ist ein riesiger Schock, wie Sie sich bestimmt denken können.«

»Das verstehen wir alle, Sire, doch Ihre Anwesenheit ist unumgänglich, Sire.«

»Das ist mir klar«, sagte Rudolf. »Wenn ich Ihren Wunsch

erfülle und zurückkehre, bringe ich selbstverständlich meine Frau mit.«

Falls Zorina geglaubt hatte, der Lordkämmerer würde sich wundern und schockiert reagieren, hatte sie sich geirrt.

»Ehrlich gestanden, dachte ich mir so etwas Ähnliches, als ich erfuhr, daß Sie beide gleichzeitig verschwunden waren.«

»Was ich gern wissen würde, ist, wie Sie auf den Gedanken gekommen sind, ich könnte hier sein«, sagte Rudolf.

Der Lordkämmerer lachte.

»Ich habe erfolgreich Detektiv gespielt.«

»Diese Fähigkeit habe ich Ihnen bisher nicht zugetraut, Mylord.«

»Ich habe im Schreibtisch Eurer Majestät nach einer Spur gesucht.«

Da der Lordkämmerer zu fürchten schien, Rudolf könnte ärgerlich werden, redete er hastig weiter.

»Majestät werden verstehen, daß ich schnell handeln mußte. Es war niemand da, der die Befehlsgewalt übernehmen konnte, und als Folge des Attentats herrschte große Aufregung.«

»Was haben Sie in meinem Schreibtisch gefunden?« erkundigte sich Rudolf.

»Einen Brief Ihres Freundes Bernard, in dem er Ihnen mitteilte, daß er nach Griechenland führe und das Haus jederzeit zu Ihrer Verfügung stünde.«

Rudolf lachte.

»So leicht war das also.«

»Ich kenne das Mädchen, mit dem Bernard verlobt ist. Ihr Vater ist ein alter Freund von mir. Er hat mir gegenüber häufig Bedenken geäußert, daß seine Tochter von einem eleganten Schloß in ein so kleines Haus umziehen würde.

Obwohl ich jetzt selbst sehe, daß das Haus auf seine Weise sehr attraktiv ist.«

»Das haben meine Frau und ich auch festgestellt.«

Von draußen drang das Klirren eines Zaumzeugs an ihr Ohr.

»Ich bitte Eure Majestät, zurückzukommen und uns zu helfen«, sagte der Lordkämmerer. »Im Augenblick ist in Archam so etwas wie Panik ausgebrochen.«

Sein Ton hatte fast etwas Flehendes, als er fortfuhr: »Wenn die Leute wissen, daß Sie wieder da sind und den Thron bestiegen haben, wird die bevorstehende Krönung sie daran hindern, zu lange über das schreckliche Ereignis nachzudenken.«

Zorina begriff, was er meinte. Sie schaute Rudolf fragend an.

»Wir werden mit Ihnen zurückkommen«, erklärte Rudolf, wobei er das erste Wort besonders betonte.

Der Lordkämmerer zögerte.

»Vielleicht wäre es klug, die Leute glauben zu lassen, daß Sie sich bei Freunden aufgehalten haben, Majestät. Und wenn Ihre Königliche Hoheit für drei Monate wieder nach England fährt . . .«

»Nein!«

Das keinen Widerspruch duldende Wort schien in dem kleinen Raum widerzuhallen.

»Ich weiß, was Sie wollen, doch darauf werde ich mich nicht einlassen«, sagte Rudolf.

»Vielleicht hat er recht«, flüsterte ihm Zorina zu.

»Nein«, wiederholte Rudolf. »Wir werden gemeinsam zurückkehren und die Wahrheit sagen.«

Der Lordkämmerer und Zorina schauten ihn überrascht an.

»Die Wahrheit?« fragte Zorina.

Als Rudolf sie anschaute, entdeckte sie zu ihrem Erstaunen, daß er ihr zuzwinkerte.

»Überall auf der Welt und ganz bestimmt auch in Leothia freut man sich über Liebesgeschichten. Die unsere wird den Leuten Stoff zum Reden geben.«

Als er merkte, daß Zorina ihn immer noch nicht verstand, erklärte er: »Wir haben uns ineinander verliebt, als ich in England war, war es nicht so, Liebling?« Er zögerte, als müsse er erst nach den richtigen Worten suchen. »Da du glaubtest, Königin Victoria gehorchen und den König von Leothia heiraten zu müssen, kamst du in der Absicht her, das zu erfüllen, was du für deine Pflicht hieltest. Hier wurde uns beiden klar, daß die Liebe stärker ist als Pflichten, Prestige oder auch ein Thron.«

Zorina vermochte den Blick nicht von ihm zu wenden. Der Lordkämmerer lauschte aufmerksam, als Rudolf weiterredete.

»Pater Augustine, der frühere Kardinal von Archam, hat uns getraut. Wir waren entschlossen, unseren königlichen Rang aufzugeben und wie ein ganz normales verheiratetes Paar zusammenzuleben.«

Der Lordkämmerer stieß einen kleinen Laut aus, unterbrach Rudolf aber nicht, der fortfuhr: »Die Leute werden das verstehen, da sie uns brauchen. Meine Frau und ich geben nicht nur unsere Flitterwochen auf, sondern auch unsere Pläne, ruhig und inkognito zu leben.«

Mit erhobener Stimme fügte er hinzu: »Tatsächlich bringen wir unserem Land ein großes Opfer. Wenn die Leute diese Geschichte erfahren, werden sie uns verstehen und um so höher schätzen.«

Er machte eine kleine Pause.

»Ich teile Ihre Meinung, daß es angebracht wäre, die Leute auf andere Gedanken zu bringen. Die Krönung sollte daher so schnell wie möglich stattfinden.«

In seiner Stimme schwang der Anflug eines Lachens mit, als er schloß: »Ihre Königliche Hoheit, Prinzessin Zorina, wurde von Königin Victoria nach Leothia geschickt, um den König zu heiraten, und genau das hat sie getan.«

»O Rudolf, du bist so schrecklich klug!« In Zorinas Augen standen Tränen, als sie die Worte flüsterte.

Der Lordkämmerer lachte.

»Darf ich mit allem Respekt bemerken, Sire, daß Sie genau der König sind, den wir in Leothia brauchen.«

Mit einem Blick auf Zorina setzte er hinzu: »Und kein Land auf der Welt könnte eine schönere Königin haben, als Sie es sind, Madam.«

»Ich denke, Sie sollten jetzt die anderen Herren, die Sie begleitet haben, hereinholen, Mylord. Meine Frau und ich werden Ihnen eine kleine Erfrischung anbieten.«

Der Lordkämmerer verbeugte sich und zog sich rückwärts gehend zur Tür zurück.

Er war kaum verschwunden, als Rudolf Zorina umarmte.

»Wir haben gewonnen, Liebling, wir haben gewonnen. Wer hätte sich je in seinen kühnsten Träumen vorstellen können, daß unser Märchen so endet?«

Die Tränen rollten über Zorinas Wangen.

»Du wirst der bestaussehende König von ganz Europa sein«, flüsterte sie.

Rudolf lachte und küßte sie mitten auf den Mund.

Als sie von draußen Schritte hörten, fuhren sie auseinander.

Zum Glück fanden sie im Küchenschrank ein paar Flaschen

Wein. Außerdem kochte Zorina Kaffee für die Herren, die den Lordkämmerer begleitet hatten.

Sie hatten zwei Ersatzpferde mitgebracht, eines davon mit einem Damensattel. Zorina stellte fest, daß der Lordkämmerer ein bemerkenswert hellsichtiger und scharfsinniger Mann sei.

Erst als sie mit Rudolf in dem wunderschönen Schlafzimmer, in dem sie zwei unvergeßliche Nächte verbracht hatten, allein war, sagte sie: »Ich freue mich sehr, daß du nicht dein Land verlassen mußt, sondern es regieren darfst, Liebling.«

Im Flüsterton setzte sie hinzu: »Gleichzeitig habe ich Angst, daß wir unser Glück an diesem verzauberten Ort zurücklassen.«

»Wir werden den Zauber mitnehmen«, versicherte Rudolf. »Außerdem werden wir hierher zurückkommen.«

»Wann?«

»Sobald ich mich freimachen kann. Auch ein König hat ein Recht auf Flitterwochen.«

»Können wir das wirklich tun?«

Rudolf lachte.

»Ich bin der König und gedenke, meinen eigenen Weg zu gehen. Niemand, nicht einmal meine Frau, wird mich davon abhalten.«

Er küßte Zorina, bis das Zimmer mit dem geschnitzten Bett, den weißen Schafwollteppichen und dem Fenster mit den blauen Vorhängen sich wie wild um sie drehte.

Ihr Herz klopfte nahe dem seinen. Zorina wußte, daß er sie lieben wollte.

»Liebling, sie warten auf uns«, wisperte sie leise.

»Ich würde sie ohne weiteres warten lassen.«

»Wir müssen gehen.«

Rudolf entließ sie nur widerstrebend aus seinen Armen.

Zorina schlang sich das Chiffontuch um die Haare. Es war zu warm draußen, um das Cape zu tragen, sie nahm es daher über den Arm.

Die Pferde warteten. Rudolf erlaubte niemandem, Zorina in den Sattel zu helfen.

Während sie den gewundenen Weg ins Tal hinunterritten, schaute sich Zorina noch einmal um. Hoffentlich ließen sie nicht ihr Glück in dem kleinen Holzhaus zurück.

Dann sagte sie sich, daß nur eines zählte: Daß sie zusammen waren.

Mochte es auch Schwierigkeiten, Sorgen oder Spannungen geben – ihre Liebe würde helfen, sie zu überwinden.

Als sich die Straße verbreiterte, sah Zorina die Dächer von Archam. Hoch über der Stadt ragte das schöne, weiße Schloß gegen den blauen Himmel auf.

Es war fast unmöglich zu glauben, daß sie an diesen Ort, den sie in tiefster Verzweiflung verlassen hatte, um zu sterben, in völlig veränderter Stimmung zurückkehrte.

Sie sah voraus, daß Rudolf alles tun würde, was die Briten sich vom König von Leothia erhofften. Er würde sein Land stärken und helfen, das Kräftegleichgewicht in Europa zu erhalten.

Aber vor allem anderen würde er sie lieben.

Die Liebe, die sie füreinander empfanden, war unvergänglich.

Während sie mit diesen Gedanken beschäftigt war, drehte Rudolf sich um und sah sie an.

In ihrem weißen Kleid mit dem Chiffonschal, auf dem Rükken eines edlen Pferdes, sah sie wie eine bezaubernde Göttin aus, die vom Olymp heruntergestiegen war.

Als sich ihre Blicke trafen, sagte Rudolf so leise, daß nur sie ihn hören konnte: »Ich bete dich an, meine vollkommene, wunderbare kleine Frau. Dies ist ein neues Abenteuer, das wir gemeinsam beginnen.«

Und genau das war es.

Zorina spürte, wie ihr Herz ihm entgegenschlug. Sie strahlte vor purer Lebenslust, weil alles, was vor ihr lag, so ungeheuer aufregend war.

»Ein Abenteuer«, wiederholte sie, »ein Abenteuer der Liebe!«

Zorina wußte, daß Rudolf das gleiche empfand. Sie dankte Gott für alles, was er ihnen geschenkt hatte.

Sie bat ihn aber auch, ihr und ihrem geliebten Gatten Söhne zu schenken – viele Söhne, um die Nachfolge der Monarchie von Leothia zu gewährleisten.